« MA » ROMY

DANIEL BIASINI

« MA » ROMY

avec la collaboration
de Marco Schenz

Traduit de l'allemand par Olivier Mannoni,
Jean-Yves Morizur, Martin Ziegler
(3i Traductions)

Michel LAFON
103, boulevard Murat – 75016 Paris

Les photos inédites publiées dans ce livre proviennent des archives personnelles de Charles Biasini, le frère de l'auteur.

La liste des rôles tenus par Romy Schneider au cinéma, à la télévision et au théâtre a été établie par l'éditeur d'origine.

Les chapitres 15 à 19 s'appuient sur des enquêtes menées par Marco Schenz.

Le plus bel hommage que je pouvais rendre à Romy était d'avoir envers ce livre des exigences aussi élevées que ses propres exigences envers elle-même et tous ceux qu'elle aimait.

Daniel BIASINI

1

Le début de la fin

Quel cri ! Strident, désespéré, il résonnait dans le long couloir glacial de l'ancien cloître de Saint-Germain-en-Laye. Ce fut le cri le plus terrible que j'entendis de toute ma vie. Et les images qui se sont alors gravées dans ma mémoire sont encore douloureuses. Le chirurgien en chef sortait tout juste de la salle d'opération du vieil hôpital et avait chuchoté à Romy : « C'est fini, je suis vraiment navré. » À la fin d'une brûlante journée d'été, Romy Schneider venait de perdre son fils David. La disparition de cet enfant tant aimé m'avait moi aussi paralysé de douleur.

Nous étions le 5 juillet 1981.

Ce jour-là, je vis pour la dernière fois celle

qui était encore mon épouse, Romy Schneider. Trois mois plus tard, nous étions divorcés. Et dix mois plus tard, elle était morte.

Mais elle avait sans doute déjà cessé de vivre ce soir du mois de juillet, lorsque l'équipe médicale de cet hôpital aux allures provinciales avait lutté en vain pour sauver son garçon blond et tendre, âgé de quatorze ans. L'une des pointes de fer qui hérissaient la clôture de notre jardin lui avait déchiré une artère dans la région abdominale.

Joyeux et affamé, il avait abandonné ses jeux pour rejoindre la table du déjeuner, vêtu de son pantalon de cycliste et d'un T-shirt bleu clair. Le petit risque-tout avait renoncé à sonner ou à crier pour se faire ouvrir le portail. Il avait bondi pour escalader la clôture de ma maison familiale. Mais son pied s'était accroché dans un buisson de rosiers, et il était tombé d'une cinquantaine de centimètres de hauteur sur les pointes en fer de lance. Quatre heures durant, du milieu à la fin de l'après-midi, les chirurgiens l'avaient opéré, tentant désespérément de pincer l'artère déchiquetée. Les infirmières passaient devant nous en courant, les bras chargés de poches de sang qui devaient compenser l'hémorragie du petit garçon. Romy et moi, nous faisions les cent pas dans le couloir, désemparés.

Désespérés.

Et presque sans un mot.

Car cela faisait longtemps déjà que nous ne nous étions plus adressé la parole. Romy, qui se trouvait ce jour-là chez les parents de Laurent Pétin, son nouveau compagnon, allait et venait entre l'appartement de Pétin et l'avenue Bugeaud, où elle continuait à habiter. Elle avait gardé avec elle notre fille Sarah Magdalena, qui avait tout juste cinq ans. Mais David, son fils de quatorze ans, né de son premier mariage avec Harry Meyen, s'était refusé à habiter sous le même toit que l'homme qui partageait désormais la vie de sa mère. Il n'était pas bien vieux, mais ces années au cours desquelles il avait retrouvé une famille avaient dû être pour lui une éternité de bonheur, et la source d'une profonde fierté. Il avait enfin une mère, une sœur et un père adoptif. Il en avait été tellement heureux que même le directeur de son école parisienne avait ignoré les directives de la bureaucratie française et cédé au vœu de David : dans les registres scolaires, il n'était pas inscrit sous le nom de David Haubenstock, comme l'exigeait la loi, mais sous celui de David Biasini. Haubenstock était le patronyme officiel de son père naturel, Harry Meyen, qui s'était suicidé en 1979.

Dès que nous avions de nouveau quitté notre mas de Ramatuelle, près de Saint-Tropez, pour venir nous installer à Paris, David avait refusé d'aller en classe sous un autre nom que celui de Biasini. Le directeur était un pédagogue intelligent : David n'en avait pas rencontré de semblable auparavant. Il comprit immédiatement combien cette affaire tenait au cœur du garçon. Ce n'était pas un caprice d'enfant. Et David put désormais fréquenter l'établissement sous le patronyme de son choix.

Après notre séparation, il s'était installé chez mes parents. Romy en avait été très peinée. Elle savait sans doute à quel point David se sentait chez lui dans la maison de ses grands-parents « d'emprunt » et qu'il s'y portait fort bien. Mais elle ne pouvait pas comprendre pourquoi ce fils qu'elle aimait par-dessus tout ne préférait pas vivre auprès d'elle, quelles que soient les circonstances. L'ultime discussion qu'eurent David et Romy avait d'ailleurs porté sur ce sujet. La veille de sa mort, ils s'étaient parlé au téléphone. Leur conversation s'acheva par une dispute : « Maintenant, tu dois revenir à la maison. Il faut que tu rentres chez toi », lui avait dit Romy. Et David lui avait répondu : « Je ne rentrerai pas. Tant que cet homme dormira avec toi dans l'appartement, je n'irai plus avenue Bugeaud. » Puis ils avaient raccroché tous les deux, furieux.

Ce furent les derniers mots que David échangea avec Romy. Le lendemain, lorsque ma mère appela celle-ci au téléphone chez les parents de Pétin, le dernier acte du drame de Romy Schneider avait déjà débuté : victime d'un effroyable accident, David luttait pour survivre.

La perte de son fils lui causa une indicible douleur, à laquelle s'ajouta l'immense détresse d'en être restée sur un différend avec lui. Contrairement à ce que l'on a pu affirmer, ce détail a encore aggravé, pour elle, toute cette tragédie.

Après la mort de David, elle refusa de retourner dans l'appartement de l'avenue Bugeaud. Tarak, un producteur de nos amis qui travaille aujourd'hui pour Michael Jackson, accepta plus tard d'échanger son appartement avec elle.

Au cours des deux premières semaines qui suivirent le décès de David, je m'étais retiré avenue Bugeaud. J'étais seul. La disparition de cet enfant m'avait plongé dans un deuil profond. C'est au cours de ces journées que les premiers remords commencèrent à me tarauder. Aujourd'hui encore, je regrette mon comportement durant les heures les plus difficiles que Romy eût jamais vécues. Il n'était pas question de me laisser bercer par l'illusion que tout pourrait s'arranger entre nous. Il n'y a pas non plus une once de vérité dans les vagues reproches et les sous-entendus de tous ceux qui m'ont accusé de regretter cette rupture un peu tardivement. Je démonterai plus loin ces mensonges perfides, et j'en dévoilerai la véritable nature : ce sont des chimères mercantiles. Pendant quinze ans de tels ragots ont fait de moi un paria, et ceux qui les ont colportés se sont servis de moi, me considérant apparemment comme la cible idéale pour leurs calculs cyniques.

Mais ce n'est pas cela qui me mettait au désespoir. J'essayais, j'essaie encore (en vain jusqu'à ce jour) d'assumer mon dernier dialogue avec Romy. Car à l'hôpital, lorsqu'on nous eut annoncé l'effroyable nouvelle, lorsque Romy ne fut plus qu'une petite créature désemparée, Pétin la pressa de venir vivre chez lui, où se trouvaient ses parents. Et Romy, les yeux noyés de larmes, le visage gonflé, déformé par l'angoisse, me lança un regard éperdu et me demanda : « Que devons-nous faire ? » Et moi, pétrifié, aigri par la douleur que me causait la perte de ce garçon qui avait grandi pendant neuf ans à mes côtés, je lui répondis sèchement : « Nous ? Ce que nous devons faire ? Je vais te dire une chose, ce que tu fais m'est totalement égal. Fais ce que tu crois devoir faire. »

Une phrase idiote, cruelle, et dont le souvenir me vaut bien des souffrances. Aujourd'hui encore, je ne parviens pas à comprendre : comment un être humain capable de ressentir et de mesurer l'affliction d'un autre – et avec quelle acuité, ce jour-là, pouvais-je mesurer celle de Romy ! – peut-il prononcer une phrase pareille ?

Cela peut paraître fou, pathétique, ou je ne sais quoi. Mais j'en ai honte, et je lui en demanderai éternellement pardon.

2

Mensonges

Dans la profonde douleur où elle se trouvait, mes paroles avaient causé à Romy une blessure inguérissable. J'en fus très vite conscient et, malgré l'amertume causée par notre rupture, cela ne m'inspira pas la moindre satisfaction. Je m'efforçai de régler notre divorce aussi vite que possible et renonçai à toute prétention. Je ne voulus pas non plus émettre la moindre revendication financière, contrairement à ce qu'avait fait son premier époux, Harry Meyen.

Meyen n'avait accepté de dissoudre officiellement son mariage avec Romy (dont il était en réalité séparé depuis très longtemps) qu'en contrepartie d'une somme d'argent. Il réclama (et obtint) environ un million et demi de marks de dédommagement pour ce divorce. À l'époque, au milieu des années soixante-dix, cela représentait une véritable fortune.

J'avais proposé de charger un unique juriste, Me Pierre Hebey, l'avocat parisien de Romy, de régler pour nous deux cette triste affaire. La loi ne nous le permit pas. Je me fis donc défendre par un jeune avocat qui travaillait au cabinet de Hebey.

Ni Romy ni moi n'avons assisté à l'audience de divorce. Le jugement laconique fut prononcé rapidement. Il prévoyait que je verserais une pension alimentaire de mille cinq cents francs à Romy pour notre fille, Sarah. L'enfant était confiée à sa mère. Durant la brève période au cours de laquelle Romy vécut encore, je bénéficiai d'un droit de visite le week-end une semaine sur deux.

Quelques jours avant la mort de David, le tribunal avait organisé, comme cela se pratique toujours en France, une audience de conciliation à laquelle nous avions dû nous présenter tous les deux. Une situation grotesque : Romy avait pleuré et je m'étais comporté comme un clown. Rétrospectivement, mon attitude puérile me paraît ridicule et extrêmement immature. Il s'agissait sans doute d'un signe d'incertitude et de désespoir. Des sentiments partagés mais qui produisaient sur elle et moi des effets différents.

Nous avons passé ensemble, avenue Bugeaud, le reste de la journée et la nuit suivante.

Ce fut merveilleux. Mais nous nous touchâmes cette nuit-là pour la dernière fois. Il est possible que les réactions de dépit que j'ai décrites plus haut aient joué un rôle dans notre rupture complète. Mais l'attitude de David fut certainement décisive. Il n'était pas disposé à revenir à Paris. L'amertume s'empara alors peu à peu de Romy, qui n'avait jamais aimé personne au monde autant que son fils.

Le lendemain de notre dernière nuit commune, en juin 1981, je partis chez mes parents. Et Romy alla rejoindre Pétin.

J'aurais pu affirmer que tout cela s'était passé autrement, que j'avais gardé le contact avec Romy jusqu'à sa mort, j'aurais pu imaginer les histoires les plus invraisemblables : nul n'aurait pu prouver le contraire. Mais à la différence de quelques « amis de Romy » qui ont eu le sens des affaires (certains d'entre eux l'ayant côtoyée seulement quelques heures), j'ai préféré me taire pendant de nombreuses années. J'ai accepté tous les désavantages de mon silence. Et s'il est une chose dont je suis bien sûr, c'est que personne n'aurait supporté, comme je l'ai fait, d'être couvert de boue comme je l'ai été.

J'ai eu vent de quelques-unes des accusations qui ont couru, et j'en ai découvert d'autres en travaillant à ce livre ; je les ai pour la plupart ignorées. Mais certaines fois, elles étaient tellement répugnantes qu'il m'a fallu me défendre dès que j'en ai eu connaissance.

Ce fut le cas en septembre 1994, lorsqu'une chaîne de réputation très sérieuse annonça un portrait de Romy Schneider. Sarah et moi-même attendions avec impatience devant notre écran.

Sans faire preuve d'une sensibilité exacerbée, on peut comprendre à quel point nous fûmes consternés au cours des deux heures suivantes. Ce reportage me présentait comme un sinistre débauché, et Romy comme une alcoolique, une nymphomane et une névrosée.

Mais ce n'était pas tout. Nous apprîmes aussi avec surprise que lors d'une vente aux enchères organisée à Salzbourg, on avait adjugé des robes et des objets personnels ayant appartenu à Romy Schneider. Ma fille, alors âgée de dix-sept ans, me regarda avec de grands yeux interrogateurs. Aujourd'hui encore, je suis incapable de lui répondre. Je ne parviens toujours pas à expliquer par quelles voies mystérieuses des affaires personnelles de Romy ont pu être mises aux enchères publiques.

Contrairement à ce que beaucoup pourraient croire, j'ai bien du mal à assumer les souvenirs de ce que j'ai vécu avec Romy. Je ressens une sorte de malaise. Il me faut encore aujourd'hui partager avec d'autres une intimité que j'aurais volontiers gardée pour moi-même. Seule Sarah, notre fille, avait jusqu'ici le privilège de m'interroger à loisir sur Romy. Elle n'a pas renoncé à ce privilège. Poussée par une envie juvénile de tout savoir sur sa mère, elle n'a cessé de poser des questions au fil des années. J'ai répondu à toutes. Je lui ai tout expliqué. Sans rien omettre, sans rien ajouter. L'histoire de sa mère est pour Sarah une histoire limpide, où rien n'a été enjolivé.

En revanche, les nombreux reportages, interviews et livres qui ont été consacrés à Romy Schneider au cours des quinze dernières années ont donné d'elle une image parfois totalement déformée. Un tableau où elle figure en héroïne d'une tragédie grecque, qui porta toute sa vie le lourd poids de son destin en espérant ardemment sa mort. C'est une parfaite ineptie.

Lorsque j'ai connu Romy, elle avait trente-trois ans, et je sais qu'elle aurait aimé vivre un millénaire. Les médias se sont focalisés sur des événements dramatiques, mais derrière il y avait toujours une vie authentique et parfaitement consciente, celle d'une mère de deux enfants, d'une femme séduisante et d'une artiste accomplie. Rien à voir avec cette espèce de marionnette qu'une presse mensongère a fabriquée au fil des ans.

Dans le portrait télévisé dont je viens de

parler, les affabulations, les dates et les lieux erronés côtoyaient les lettres inventées et les entretiens que Romy aurait eus avec sa « meilleure amie de toujours » (combien en trouvera-t-on encore ? Depuis la mort de Romy, leur nombre n'a cessé de croître, on a du mal aujourd'hui à en faire le décompte). Elle s'y plaignait comme une enfant gâtée de son travail, de ses rencontres, des hommes – de la douleur et de la déception que lui avait causées la vie.

C'était peut-être un portrait choc, mais sûrement pas celui de Romy Schneider. Il n'avait strictement aucun rapport avec cette femme dont j'ai vécu de très près la métamorphose. Une femme aux visages multiples et fascinants. Vibrant d'une joie de vivre sauvage et intense, sensible et expressive. Et à la fin seulement, au cours des quinze ou vingt derniers mois de sa vie, lorsque le destin s'acharna véritablement sur elle, désespérée et autodestructrice.

La chaîne de télévision a du reste esquivé notre plainte et le procès qui se serait ensuivi et aurait révélé publiquement que ce portrait de Romy était un tissu de mensonges. On a préféré les négociations en coulisses. Tous les passages incriminés ont été éliminés sans discussion, et l'on a supprimé les éléments diffamatoires en nous exprimant les plus profonds regrets.

Pour ma part, j'étais particulièrement heureux

que le droit français prévoie la possibilité de porter plainte pour « atteinte à la mémoire d'une personne décédée ».

À cette satisfaction s'est ajoutée, ces jours-ci, une certitude : il est grand temps que l'on écrive enfin la vérité sur Romy.

3

Un job de rêve

J'avais huit ans lorsque j'ai succombé pour la première fois à la fascination que Romy exerçait à l'écran. À l'époque, sa jeune gloire était arrivée jusqu'en France, ce qui n'était pas évident. On sait à quel point les cinéphiles, chez nous, ont toujours été entichés des productions de leur propre pays – cela n'a d'ailleurs pas changé. Mais je me revois encore parfaitement, petit bonhomme, un cornet de glace à la main, me précipiter dans cette salle de la banlieue parisienne où l'on projetait *Sissi.*

Lorsque je rencontrai pour la première fois Sissi en chair et en os, j'avais vingt-deux ans. J'avais passé mon baccalauréat, expédié mon service militaire et m'étais lancé dans des études-alibi à la célèbre Columbia University de

New York. En réalité, je voulais accomplir ce qui était à l'époque le rêve de beaucoup de mes congénères : traverser une fois les États-Unis de part en part. Lorsque je revenais à Paris, c'était uniquement pour gagner de quoi financer mon prochain voyage. Je m'étais laissé prendre par les sirènes de la *flower-power generation*. Mais je savais aussi, dès cette époque, que même pour mener cette forme de vie-là il me faudrait de l'argent. Et j'en manquais assez régulièrement lorsque j'arrivais à Orly avec mon billet de retour. Je devais donc trouver un job à Paris. Cette fois-là, j'eus la main heureuse. Pour un blanc-bec comme moi, le poste que l'on me proposait était littéralement paradisiaque. J'entrai dans l'entreprise Lira-Film, qu'avaient fondée Lino Ventura et un admirable juif berlinois, Ralph Baum. À l'époque, la société était détenue par Raymond Danon. Ralph Baum devint très vite pour moi une sorte d'ami paternel. Dans son entreprise, j'avais pour cinq cents francs par semaine un véritable emploi d'étudiant. Je passais une bonne partie de mon temps à la comptabilité du service interne, mais je servais également d'homme à tout faire. Il arrivait aussi assez souvent que je me déplace sur les lieux de tournage de la Lira-Film et que je m'y rende utile. Côtoyer des stars comme Belmondo, Delon ou Annie Girardot n'eut bientôt plus rien d'extraordinaire pour moi. J'étais jeune, insouciant, et je crois que cela me valut rapidement la sympathie de tous. Mais ma décision était inébranlable : à la fin de l'année, j'aurais récolté suffisamment d'argent et je retournerais à New York.

Le destin en décida autrement.

Un jour, en septembre 1972, Ralph Baum me convoqua. Il me demanda : « Tu as une voiture, non ? » Et comme je répondais par l'affirmative, il me fit cette proposition, habilement tournée :

– Écoute, Daniel. Une grande amie à moi, non, une très, très grande amie à moi est arrivée à Paris et veut rester ici pour quelque temps. Elle m'a demandé une faveur : elle aurait besoin de quelqu'un pour régler à sa place toutes sortes de choses.

– Mais enfin, tu as tous les chauffeurs de la production pour cela, répondis-je, un peu offusqué. Pourquoi serait-ce à moi de m'en charger ?

– Parce que j'ai besoin..., fit-il en m'entraînant un peu à l'écart, d'une personne absolument digne de confiance, et qui lui convienne parfaitement.

Je finis par accepter, avec tout de même un brin de méfiance, et à la condition de n'être à sa disposition que pour deux ou trois mois.

Lorsque j'ai reparlé de cette journée à Ralph Baum, quelques années plus tard, en lui demandant pourquoi il m'avait choisi, moi, il écarta les bras, leva les mains au ciel et me chuchota à l'oreille : « Ah, pourquoi donc ? Parce que c'était écrit ! »

Il était donc écrit que je me retrouverais pour la première fois face à Romy en septembre 1972, dans l'appartement avec jardin qu'elle louait dans les beaux quartiers de Neuilly. Elle ouvrit elle-même la porte. Je ne la reconnus pas immédiatement. À l'époque, elle avait déjà tourné des films comme *La Piscine* ou *Les Choses de la vie*. En France, elle était devenue une star. Mais je ne m'étais pas attendu à ce qu'elle me fasse en personne entrer chez elle. Elle portait un long cafetan couleur brique et un foulard noué comme un turban au-dessus de la tête. Elle n'était pas maquillée, et je me la serais imaginée beaucoup plus grande.

La première chose qui me frappa, chez elle, fut cet éclat extraordinaire dans ses yeux. Un regard d'une intensité sans pareille, qui semblait être doué de parole. D'ailleurs, Romy s'en servait aussi couramment que de la langue parlée.

Du reste son français était presque parfait. Tout juste une pointe d'accent apportait-elle à sa voix un charme supplémentaire.

« Nous n'avons pas encore de bonne. » Ces mots d'excuse furent les premiers que Romy m'adressa. « En trouver une sera votre première mission chez nous », ajouta-t-elle sans transition. Puis elle sourit.

Je dois avouer que j'étais impressionné et que je me sentis un peu dépassé lorsque j'entrai dans la salle de séjour, où Romy me proposa aimablement de m'asseoir. L'appartement que lui avait déniché Ralph Baum était glacial. Cela tenait peut-être à la gouvernante de David, qui avait bien du mal à trouver ses marques. C'était une Suissesse germanophone qui ne parlait pas un mot de français. Quant à Romy, au cours de la brève période où elle avait « vécu » à Paris quelques années plus tôt... elle avait passé plus de temps à l'étranger que chez elle ! Elle avait des engagements partout. Comme elle tournait beaucoup à cette époque et tenait à assurer elle-même le doublage de ses films, elle se rendait constamment en Allemagne et en Angleterre. Le jour où je fus son hôte pour la première fois, elle prévoyait pourtant de rester en France deux semaines consécutives. Romy avait fini le tournage de *César et Rosalie* avec Yves Montand et, à la demande des producteurs, les deux acteurs principaux et le réalisateur Claude Sautet menaient à Paris une solide campagne de promotion. Mais cet après-midi-là, Romy eut le temps de m'expliquer toutes les mesures qu'il lui paraissait indispensable de prendre pour la bonne marche de son foyer. Le plus urgent était de choisir pour David une école digne de ce nom. Comme sa gouvernante, le petit garçon ignorait tout de la langue de Molière.

J'eus vite fait de sélectionner « l'école bilingue

du parc Monceau ». David s'y acclimata avec une rapidité extraordinaire. J'avais la part assez belle avec lui, étant le seul homme de son entourage. Il parla couramment le français au bout de quelques semaines, et après quelques jours seulement, nous étions devenus les meilleurs amis du monde.

David était un ravissant petit garçon aux cheveux blonds, aux yeux vifs, animé par une insatiable soif de savoir. Nous allions ensemble au cinéma, nous mangions des glaces, je lui lisais des histoires et parfois, lorsqu'il s'était particulièrement distingué en classe, il avait le droit de faire de la moto avec moi, la tête coiffée d'un casque bien trop grand – il montait derrière moi, bien sûr. Cela au grand déplaisir de sa mère, à qui il me fallait raconter comment s'était passée la journée de David : lorsqu'elle était à l'étranger, elle appelait chaque jour pour prendre des nouvelles.

Elle fut donc très soulagée en voyant son fils renoncer à ses rares escapades à moto au profit de la bicyclette, moins dangereuse. Nous en fîmes un jour ensemble à Saint-Germain-en-Laye : nous étions partis tous les deux à la campagne, chez mes parents. Ce fut la visite inaugurale de David, une première qui lui donna un peu le trac.

– Daniel, me demanda-t-il avant notre départ, ils sont gentils, tes parents ?

– Ça dépendra de toi, lui répondis-je.

– Je suis déjà gentil, répliqua-t-il avec un air de défi.

– Dans ce cas, il n'y aura pas de problème.

La suite fut à la fois émouvante et, rétrospectivement, fatale. Entre David et mes parents, en effet, ce fut le coup de foudre. Ma mère et mon père adoraient ce garçon et exauçaient le moindre de ses désirs, comme de véritables grands-parents.

David, lui aussi, tenait beaucoup à eux. Il se faisait une joie de chaque excursion de fin de semaine à Saint-Germain. Ses yeux brillaient de plaisir lorsqu'il voyait tout le monde réuni autour d'une table. Cela rendait Romy très heureuse. Tellement heureuse qu'au bout de quelque temps, elle ne voulut plus renoncer à ce repas familial traditionnel du dimanche midi, qui valait tant de bonheur à son garçon.

À l'époque, ces excursions dominicales à la campagne ressemblaient d'assez près au départ en vacances de la famille Fenouillard. Que l'on s'imagine la scène : Romy, l'artiste progressiste et libérée que beaucoup célébraient comme une sorte d'éclaireur du mouvement féministe, montait chaque dimanche dans notre vieille Lancia pour s'adonner à un rite familial vieille France. David était assis à l'avant, sur les genoux de sa mère, la gouvernante installée sur le siège arrière, et l'on avait bourré l'espace restant avec des sacs, des imperméables, des vélos pliables et un petit lapin blanc tétanisé par la peur.

Lors d'un déjeuner de ce type, Romy m'annonça ce que Ralph Baum m'avait confié depuis très longtemps : elle voulait s'installer définitivement à Paris. Sa séparation d'avec Harry Meyen devait aussi se matérialiser sur un plan géographique. Mais il lui fallait pour cela un autre appartement, plus grand, plus fonctionnel et mieux situé que dans les rues beaucoup trop calmes de Neuilly.

Un logement à Saint-Germain-des-Prés, par exemple.

J'avais déjà trouvé une bonne quelques semaines auparavant. C'était une jeune Portugaise qui s'était présentée sans beaucoup de références et que j'avais engagée malgré tout – une pure affaire de feeling : elle m'avait paru extraordinairement sympathique. Cette jeune femme s'appelait Olga. Et c'était une perle, d'une fidélité à toute épreuve, sincèrement dévouée. Jusqu'au dernier moment, elle montra pour Romy un amour indéfectible.

Le choix de Romy se porta finalement sur un vieil appartement parisien d'environ trois cents mètres carrés, au 34 de la rue Bonaparte. À côté d'un petit bureau situé derrière le splendide salon, on m'attribua une chambre, pour la première fois.

Donc si je décidais de passer la nuit sur place, ou si j'avais l'obligation de le faire, j'aurais ma chambre. Car il arrivait déjà, à cette époque, que Romy m'appelle d'une autre adresse, à 6 heures du matin, et me demande : « Daniel, viens me chercher. Et sois gentil, apporte-moi quelque chose pour me changer. » Je me retrouvais ainsi parfois debout sur le trottoir, à l'aube, des lunettes de soleil sur le nez, protégeant mon véhicule contre les regards des lève-tôt. Car Romy ne voyait aucun inconvénient à se changer sur la banquette arrière.

Je la considérais à l'époque exclusivement comme mon employeur, même si j'admirais sa force et son rayonnement. Et elle ne me considérait que comme son factotum, un employé qui, malgré sa jeunesse, accomplissait son ouvrage à merveille. Lorsque nos regards se croisaient, à cette époque, c'était sans la moindre trace d'érotisme. Nous nous comportions presque comme deux vieux copains – je ne la regardais jamais avec les yeux d'un homme et elle, sans doute, ne me regardait pas avec les yeux d'une femme. Cela n'arriverait que bien plus tard, et subitement.

On a beaucoup parlé, et plus encore écrit, sur Romy et ses amours, longues ou éphémères. Mais certaines choses n'ont encore jamais été dites publiquement. Plus tard, elle m'a raconté toutes ses liaisons et toutes ses amourettes. Sans la moindre gêne. Comme si, au début des années soixante-dix, il était tout naturel qu'une femme mariée et une jeune mère gérât ses relations amoureuses selon son bon vouloir, son plaisir et ses humeurs. Son incroyable maturité professionnelle et son ouverture d'esprit n'étaient pas les seules causes de ce phénomène.

À l'époque, Romy était une magnifique femme de trente-quatre ans, qui avait subitement pris conscience qu'elle voulait être libre. Elle s'était déliée d'un mariage qui était devenu pour elle une torture psychologique. Des années durant, Harry Meyen lui avait répété qu'il la considérait comme une imbécile. Apparemment, elle l'avait cru pendant assez longtemps. C'était une humiliation constante d'entendre un partenaire bien plus âgé qu'elle, et auquel on prêtait une certaine stature intellectuelle, la traiter d'incapable et lui expliquer que son succès n'avait aucune valeur. Pendant toutes ces années, Meyen s'était contenté de jouer avec elle le rôle du Pygmalion, sans remarquer qu'au bout de quelque temps, elle ne prenait plus aucun goût à le voir occuper cette fonction. Il remettait en question tout ce qu'était Romy. Aussi bien sa capacité à maîtriser seule sa carrière que son rôle d'épouse et de mère.

Et pour finir, il s'était laissé prendre à l'illusion que Romy ne pourrait pas exister sans lui.

Harry n'avait malheureusement rien compris. Il était passé devant Romy sans la voir. C'est dommage pour lui...

Mais avec sa supériorité et son arrogance stupide, il avait aussi planté en Romy un germe diabolique. C'est lui, parce qu'il souffrait de sévères accès de migraine, qui lui avait confié la composition d'une mixture qui, seule, le soulageait, un mélange d'alcool et d'Optalidon, un analgésique puissant, dont les effets n'ont rien d'anodin : le corps et les yeux se rigidifient, et l'on reste immobile, pétrifié par cette ivresse. Cela dure au moins plusieurs heures, parfois même une journée entière, si l'on prend la dose adéquate.

Romy est parvenue non seulement à se détacher de Harry Meyen, mais aussi à se désaccoutumer de ce médicament qui avait tout d'une drogue. Pour autant, elle ne l'a pas oublié : elle y a repensé, hélas, au début des années quatre-vingt.

En attendant, à l'automne 1972, les idées claires, elle avait choisi sa voie : celle de l'actrice accomplie qui attendait encore ses plus beaux rôles. Et celle de la femme libérée qui avait retrouvé confiance en elle. Car elle était désormais fermement décidée à mener sa vie comme elle l'entendait.

Elle avait quitté Harry Meyen parce qu'elle le voulait ainsi, et non pour suivre un autre homme. Elle n'avait pas de plan de carrière prédéfini, pas plus que d'idées précises sur son avenir. Elle s'en amusait même, consciente d'avoir déjà accompli le plus gros. Elle était enfin débarrassée des chaînes d'un mariage qui lui était devenu insupportable.

Elle avait tourné avec Otto Preminger et le génial Orson Welles, avait discuté avec Woody Allen, c'était l'une des actrices préférées de Visconti et des millions de spectateurs la vénéraient. Il lui fallut pourtant des années avant de comprendre que son époux lui avait fait subir une sorte de terrorisme intellectuel. Alors qu'elle discutait en trois langues de tous les sujets imaginables avec des génies et des stars mondiales, lui se contentait de jouer le vieux sage qui a tout vu et tout entendu, ou se taisait comme un enfant boudeur, incapable de mener une vraie discussion dans une autre langue que la sienne. Des années encore après s'être séparée de Meyen, Romy était très amère sur ce compagnon qui ne l'avait jamais vraiment comprise.

À la fin, le grand succès artistique que Romy connaissait en France était devenu pour lui un cauchemar : à la même époque, lui-même perdait peu à peu toute capacité artistique. Ce phénomène a peut-être joué un rôle majeur dans la tragédie de Harry Meyen, qui s'est suicidé à la fin des années soixante-dix, quand tout chez lui s'est dégradé, son art comme son état de santé.

4

La première rencontre

Lorsque Romy vint s'installer à Paris, à l'automne 1972, elle n'avait, je l'ai dit, pas de plan de carrière ni d'idée bien arrêtée sur son avenir. Elle faisait partie de ces femmes qui ne prévoyaient pas leur existence future et se contentaient de vivre le présent. « Je fais cela sans réfléchir longtemps, disait-elle, mais avec beaucoup d'orgueil. Ce qui me pousse, c'est mon instinct, je ne fais aucune sorte de calcul. »

On dit que le plus bel âge d'une femme, celui de son plein épanouissement, est cette période située entre la trentaine et la quarantaine. À cette époque, lorsque j'ai commencé à côtoyer Romy, j'ai pu suivre sa métamorphose au jour le jour. Il n'y avait rien d'étonnant à cela : elle pouvait enfin jouir de la présence de son fils, de son art et de sa passion. Elle pouvait enfin être elle-même, et cela la rendait toujours plus belle, toujours plus rayonnante. Ses amis (pas ceux qui se sont décerné ce titre plus tard, les *vrais* amis : je veux parler du petit cercle formé par Jean-Claude Brialy, Michelle de Broca et le réalisateur Claude Sautet) disaient parfois qu'elle était « extraordinairement charismatique ».

Pour ma part, je rencontrais beaucoup plus souvent cette « déesse » en grosses chaussettes de laine que sur des talons aiguilles, et plus fréquemment dans son gros cafetan confortable que dans un tailleur de chez Chanel. Et avec son foulard en turban, qui lui permettait de ne pas vraiment se coiffer tout en mettant en valeur son visage si séduisant. Romy avait ce que l'on appelle « une tête à chapeaux » : de la casquette au bonnet en passant par les créations les plus audacieuses, elle pouvait tout porter. Et elle ne s'en privait pas.

En revanche, elle se passait toujours de maquillage quand elle était à la maison. Lorsque les petites taches de rousseur apparaissaient sur ses pommettes, son visage prenait une nuance supplémentaire et me paraissait encore plus attirant.

Mais le plus grand bonheur, cette star le trouvait dans son rôle de mère. Les jours où elle n'avait pas d'obligations professionnelles, toute sa vie était consacrée à David. Elle mangeait avec lui, c'est elle qui allait le coucher. Ensuite elle lui lisait des histoires ou lui en racontait en puisant dans son imagination ou dans ses souvenirs. Il s'endormait souvent dans ses bras. Et elle s'endormait avec lui. Il leur arrivait fréquemment de se réveiller ensemble.

Dans ces périodes-là, nous pouvions souvent ne pas nous croiser de toute la journée. Elle glissait alors sous ma porte plusieurs pages de notes en guise d'instructions. Au bout de quelque temps, je fus capable de deviner son humeur en déchiffrant ses pattes de mouche. Un unique trait de crayon indiquait souvent le passage de la colère à la joie. C'était toujours un amas de phrases soulignées une fois, deux fois, ou encadrées, surchargées de points d'exclamation et d'interrogation qui partaient dans tous les sens, de mots rayés et de majuscules, pour que rien n'échappe au destinataire du message. Romy s'exprimait sur le papier comme elle parlait. Ses signes étaient une sorte de code qui lui permettait d'exprimer ce qu'elle ressentait sur le moment : joie, fureur, refus, lassitude, désir ou souhaits.

Avec un clin d'œil d'histrion, elle savait me faire comprendre que je ne devais jamais considérer un emploi du temps comme définitif, et que son organisation pouvait être bouleversée à n'importe quel moment. Et mis à part les rendez-vous véritablement importants, son planning était en effet très souvent modifié.

De temps en temps, au petit matin, je recevais l'un de ces coups de téléphone dont j'ai parlé plus tôt. Soit j'avais dormi dans ma chambre de fonction, soit elle me réveillait dans mon petit appartement. Dans ce cas, je passais chez elle en toute hâte pour prendre des vêtements de rechange. Si les affaires auxquelles elle devait vaquer le matin n'avaient rien d'officiel, je lui apportais presque toujours un jean, un pull-over et une grosse paire de lunettes de soleil. Puis je me rendais à l'adresse indiquée et j'attendais, la voiture discrètement garée, à l'abri des regards. Alors elle me rejoignait, se changeait à toute vitesse, et lorsqu'elle se contorsionnait pour passer son jean, il lui arrivait de rire tellement fort que l'arrière de la voiture se mettait à tanguer.

Nous nous livrions ensuite à un rituel qui tissa entre nous, au fil du temps, une sorte de complicité. Nous prenions notre petit déjeuner dans l'arrière-salle du Flore. Nous mangions beaucoup, tout en nous racontant notre vie privée. À cette occasion, un matin, sur un coup de tête, elle m'avoua un petit secret personnel. Pendant un séjour à Hollywood, au début des années soixante, elle avait rencontré dans un ascenseur la tentation faite homme, une star de l'écran : Steve McQueen. Ils s'étaient salués d'un hochement de tête et étaient sortis de l'ascenseur sans même avoir échangé un mot. Mais l'épisode avait manifestement beaucoup impressionné Romy. Des années plus tard, elle évoquait encore, aux anges, les « plus beaux yeux bleus (*qu'elle avait*) jamais regardés ». D'une certaine manière, je comprenais bien pourquoi, dans cette phase de son existence, Romy se rappelait autant de détails insignifiants de sa vie avant Harry Meyen. Pour elle, une nouvelle ère s'annonçait. Elle retrouvait peu à peu cette irrésistible légèreté d'esprit qu'elle avait presque perdue au cours des années précédentes et qui lui avait tellement manqué.

Ces conversations dans l'arrière-salle du Flore me firent prendre conscience du privilège qui m'avait été accordé. Contrairement à tous les autres, qui avaient commencé par faire la connaissance de l'actrice et peut-être, par la suite, découvert la femme qui se cachait derrière elle (s'ils avaient eu beaucoup de chance), j'eus dès le début l'avantage de rencontrer un être humain nommé Romy Schneider, qui ne se cacha pas un seul instant derrière la comédienne. Je dois avouer qu'à cette époque, j'éprouvais pour Romy une admiration sans bornes.

Mon rôle de personne de confiance parmi cette petite famille se confirma au cours du mois de novembre 1972. Peu avant Noël, Romy me montra pour la première fois que j'avais désormais auprès d'elle une véritable importance. Dès que fut aménagé le grand appartement de la rue Bonaparte, elle me proposa de vivre sous le même toit qu'elle : « Il y a bien assez de place, le mieux serait que vous occupiez une chambre ici jusqu'à votre départ. » Mais la validité de mon billet de retour pour New York expirait quelques semaines plus tard. Romy écarta cette objection : « Vous resterez jusqu'à ce qu'un peu d'ordre soit revenu dans ma vie. Un billet, ça peut toujours s'acheter. S'il le faut, je vous en offrirai un. » Le dernier argument de Romy acheva de me convaincre : elle avait des obligations en Allemagne, et l'idée de laisser David seul avec sa gouvernante suisse ne lui plaisait absolument pas.

C'est ainsi qu'à Noël 1972, après la fête de famille chez mes parents, je vins réveillonner rue Bonaparte. L'atmosphère y était très pesante. Pour faire plaisir à leur fils, Romy avait invité Harry Meyen à Paris. Ils étaient déjà séparés depuis longtemps, et l'on peut s'imaginer à quel point l'ambiance, devant le sapin, pouvait être à la fois tendue et artificielle. Mais, toujours pour David, chacun s'efforçait tout de même de feindre la bonne humeur et de faire la fête. Malgré leurs efforts, David ne fut pas dupe. On échangea les présents traditionnels en pareille circonstance. Et lorsque vint mon tour, c'est David qui m'exhorta : « Allez, dit-il, ouvre ton cadeau ! »

Sous le papier se cachaient trois petites effigies représentant les fameux singes qui ne peuvent rien dire, rien voir et rien entendre. « Ne prenez surtout pas cela pour un discret rappel à l'ordre, se hâta d'expliquer Romy, considérez-le comme une sorte de remerciement pour le travail accompli jusqu'ici. »

J'étais vraiment touché. Et c'est l'instant que choisit Romy pour me poser une question qui n'appelait même pas de réponse : « Daniel, vous restez chez nous, n'est-ce pas ? »

Je restai donc. Au fil des semaines suivantes, j'aidai à préparer les prochaines étapes de la vie artistique de Romy. Je la déchargeai des petites tâches matérielles, tandis qu'elle commençait le tournage du *Train*, de Pierre Granier-Deferre, un film qui porterait en allemand le sous-titre *Juste un souffle de bonheur* et dont Jean-Louis Trintignant tiendrait le premier rôle masculin. Un rôle que ce dernier a aussi joué dans la vie de Romy, même si ce fut pour une courte période.

5

« Juste un souffle de bonheur »

Au cours de cette période brève et intense, celle de sa liaison avec Jean-Louis Trintignant, Romy rayonna littéralement : je ne l'avais jamais vue aussi belle.

Malgré l'énorme quantité de travail que j'avais déjà à abattre, Romy m'avait chargé de chercher un logement approprié à acheter « pour la famille ». Je trouvai un grand duplex d'environ deux cent cinquante mètres carrés dans un immeuble de style victorien, au 18, rue Berlioz. Il coûtait environ un million de francs, un prix à peu près équivalent à celui de l'« Imfra », une société que Romy avait créée pour réaliser ses achats immobiliers, sur les recommandations de son conseiller financier. Elle constata plus tard qu'elle avait commis une grosse erreur en suivant les conseils de ce Suisse d'une autre époque. Mais comment ne pas avoir confiance, alors, en cet homme dont la clientèle allait de Curd Jürgens à Lilli Palmer ? Cette erreur, dix années plus tard, allait me valoir un redressement fiscal de plus de onze millions de francs, dont je subis encore les conséquences aujourd'hui. Ce redressement imposé par le fisc français a pratiquement détruit ma vie après la mort de Romy : j'étais bien incapable de rassembler une somme aussi astronomique. Romy et moi-même étions pourtant mariés sous le régime de la séparation de biens. Depuis, le Parlement a promulgué une loi qui dégage l'époux ou l'épouse de toute responsabilité sur les dettes de son ex-conjoint. C'était un an après la mort de Romy.

Trop tard pour moi...

Rue Berlioz, les architectes d'intérieur commencèrent leur travail immédiatement après l'achat. Michel van Leempoel, un proche ami de Brialy, laissa libre cours à son sens créatif, mais en tenant compte des idées de Romy, qu'il connaissait très bien. Son goût était d'ailleurs assez conventionnel pour un homme que l'on disait en avance sur son temps. On trouvait ainsi des Picasso et des Miró aux murs, mais on aurait cherché en vain dans l'appartement une œuvre d'avant-garde.

Pendant que son nouveau logis de la rue Berlioz prenait corps, je l'ai dit, Romy évoluait sur le plateau du *Train*. Le tournage avait lieu en grande partie à Nevers, ce qui la contraignait à faire des allers-retours permanents à Paris.

Ce film est basé sur une adaptation, par Pascal Jardin, d'un roman de Georges Simenon. Il raconte une histoire d'amour en 1940. Avec des scènes de foule, des avions qui tirent sur la population civile et deux amants qui savent d'emblée que leur passion est condamnée à l'échec. Si Romy campa son rôle d'une manière tellement émouvante, c'est peut-être parce qu'elle devinait que sa romance avec Trintignant dans la vie réelle avait aussi peu de chances de perdurer qu'au cinéma.

Je croyais déjà connaître à peu près cette femme. Je découvris pourtant à cette occasion, pour la toute première fois, quelle actrice était Romy Schneider. Mais l'être humain m'a encore plus impressionné que l'artiste. Romy, à qui rien n'était plus étranger que la notion de « star », exigea qu'on la fasse changer d'hôtel dès le premier jour de tournage. On avait en effet cru bon de répartir dans deux hôtels, situés aux deux extrémités de la ville, cette société à deux classes que constitue toujours l'équipe d'un film : un manoir de luxe de la chaîne Relais et Châteaux pour le réalisateur et les deux comédiens principaux, un gîte plus modeste pour les techniciens et le reste de l'équipe. Lorsque Romy sut pourquoi elle ne trouvait personne de la production à son hôtel, elle fit ses valises et partit à l'autre bout de la ville. Trintignant et Granier-Deferre n'eurent d'autre choix que de la suivre et de s'installer dans les lieux plus simples que l'équipe occupait au bord de la Loire.

C'est là que je fis la connaissance de l'équipe de Romy : Fanny, sa costumière, Didier, son maquilleur, Max, le coiffeur, et Thomas, son chauffeur permanent. Des gens très sympathiques avec lesquels je m'entendis immédiatement. Je m'intégrai bien à cette atmosphère, d'autant plus que le reste de la production était assuré par les gens de la Lira-Film, qui me saluèrent d'un « bonjour » tonitruant lorsqu'ils me virent apparaître.

Au cours des premiers jours de tournage, où j'observai Romy au travail, je fus abasourdi par l'incroyable discipline qu'elle s'imposait et par l'enthousiasme sans frein avec lequel elle entrait dans son personnage. Un jour, Trintignant se moqua d'elle. Il s'amusa de sa « discipline germanique » en la voyant suivre à la lettre les indications de Granier-Deferre.

« Si l'on te dit que tu dois mettre la tête sous l'eau pour tourner une scène, tu le fais, plaisanta-t-il. Et si l'on oublie de te dire que tu dois la retirer, tu te noieras ! » Constatant que Romy ne trouvait pas ça drôle du tout et que ses yeux commençaient à étinceler, il arrêta. Il la prit tendrement par les épaules et lui dit : « Ne le prends pas mal. Je n'en connais pas deux qui s'impliquent autant et qui aient des sentiments aussi sincères. Tu es une actrice merveilleuse. »

6

Amis

Si intenses qu'aient pu être certaines de ses histoires amoureuses, elles n'avaient pas la force des relations que Romy entretenait avec son petit groupe d'amis sincères et véritables.

Ainsi Jean-Louis Livi, son agent, faisait-il partie de ses vrais amis, et non de ceux qui se sont adjugé ce titre par la suite. Mais dans ce petit groupe, c'est incontestablement Jean-Claude Brialy qui occupait la première place. Il était lié à Romy par une quantité de souvenirs communs, qui ne se limitaient pas aux films qu'ils avaient tournés ensemble. Ils avaient l'un pour l'autre une tendresse et une inclination réciproque que rien, en vingt ans, ne put jamais ébranler.

Il fut le premier à venir l'accueillir à Paris, à

l'aéroport. C'est sans doute aussi l'un des derniers qu'elle a serrés dans ses bras avant de mourir. De plus, Jean-Claude parlait très bien l'allemand, ce qui, au départ, a considérablement facilité son contact avec Romy.

Avoir la confiance et l'amitié de Romy créait également des obligations. Jean-Claude avait de multiples talents qui lui permettaient d'y faire face. Il était cultivé, avait du goût, et était toujours bien informé ; en outre, c'était un gourmet. Il n'y avait donc rien d'étonnant à ce que son restaurant parisien, l'Orangerie, ait été le refuge préféré de Romy. Souvent, pour plaisanter, elle l'appelait « notre salle à manger ». Elle-même ne savait pas, ou plus exactement *ne voulait pas* faire la cuisine. Quelques exceptions confirmaient cette règle, et la plus délicieuse de toutes était sa salade de pommes de terre : je n'en ai jamais mangé aucune qui approchât seulement la saveur de celle qu'elle préparait. Romy, d'une manière générale, avait un faible pour les plats simples. À l'Orangerie, un restaurant élégant, elle se contentait souvent d'une tartine de pain garnie. Arrosée d'un bon bordeaux.

Romy ne buvait d'ailleurs que du bordeaux ou du champagne. Je ne l'ai jamais vue absorber quoi que ce soit d'autre. On m'a dit que l'une des nombreuses publications qui ont paru après sa mort l'a décrite, peu avant son décès, comme une buveuse de whisky, une femme qui titubait et n'était plus tout à fait maîtresse de ses esprits. Il n'y a que deux explications à cela : soit elle avait totalement changé ses habitudes au cours des derniers mois de sa vie, soit on l'y avait incitée, ce qui serait encore pire. Je ne veux pas croire que toute cette histoire ait été inventée. On est tout de même bien forcé de l'envisager : c'est après la mort de Romy qu'a véritablement débuté l'ère du mensonge.

Mais revenons à Brialy. Son talent le plus remarquable était son humour. Jean-Claude, avec ses cascades de bons mots spirituels ou amusants, était pour Romy une sorte d'élixir de vie.

Car Romy aimait rire. Aujourd'hui encore, je ne parviens toujours pas à comprendre cette délectation pour le sordide qui s'exprime dans les différents « hommages » qui lui sont rendus. On y accorde systématiquement la première place au profond désarroi qu'aurait éprouvé Romy face à la vie. Comme si son existence trop brève n'avait pas été assez remplie. Peu importe : puisque la réalité est autre, on imagine ; on affabule alors sur son incapacité chronique à être heureuse, son combat désespéré pour trouver un bonheur absolu.

La femme que j'ai connue n'avait rien à voir avec tout cela. Avec elle, j'ai passé par exemple des soirées infinies, et pourtant si courtes, au cours desquelles elle nous rapportait les escapades de sa jeunesse. Elle était tellement drôle, dans ces moments-là, que tous ceux qui écoutaient s'esclaffaient, moi compris. Lorsqu'elle racontait une histoire, elle le faisait avec force et passion... J'entends encore résonner sa voix et son rire. Je vois ses yeux étinceler, son corps se courber et je la revois reprendre son souffle pour arriver à démêler le rire et les mots.

Brialy s'entendait admirablement à la mettre en joie. Mais ce qui enthousiasmait Romy, ce n'était pas seulement l'esprit du grand comédien, c'était cette sorte de sentiment de sécurité qu'elle éprouvait auprès de lui. Elle s'y sentait protégée, aimée – en confiance, tout simplement. Contrairement à ce qui se passait avec Harry Meyen, elle pouvait, en compagnie de Jean-Claude, discuter en toute liberté. Et sans avoir l'impression d'être prise pour une idiote.

Cette sorte de lavage de cerveau que lui avait infligé son précédent époux produisait encore des effets bien des années après leur séparation. Lorsqu'elle ne se trouvait pas parmi ses quelques intimes, Romy vivait constamment dans l'inquiétude d'être surprise, critiquée ou condamnée par les autres. Ce fut longtemps pour elle un genre de calvaire, qui lui donnait envie de s'isoler. Si elle s'est coupée du monde, c'est aussi parce qu'elle craignait l'hostilité d'autrui.

Romy a souvent laissé entendre, en ma présence, qu'elle avait toujours eu une « certaine peur » des gens. Mais je crois qu'elle se trompait sur ce point. Elle était peut-être devenue méfiante au fil du temps, ce qui arrive fréquemment chez les grands artistes ou les hommes d'affaires qui ont réussi. Cette méfiance chronique lui inspira parfois une phobie dévastatrice. Elle ne pouvait se sentir véritablement « en sécurité » que parmi des amis qui avaient répondu à ses exigences et résisté à ses rigoureuses mises à l'épreuve.

Avec Jean-Claude Brialy, je l'ai dit, Romy éprouvait un sentiment de sécurité absolue. Et elle lui accordait tous les privilèges. Après le tournage du *Train*, elle tint la promesse informelle qu'elle lui avait faite de jouer un jour sous sa direction. *Un amour de pluie* était le titre du film qu'il réalisa avec elle, aux mois de juillet et d'août 1973, au Club Méditerranée de Vittel. Romy croyait trop aux paroles et aux promesses des autres pour que les siennes ne soient pas irrévocables.

À l'été 1973, donc, Brialy avait trouvé le financement de son film. Raymond Danon, le producteur, n'avait même pas pris la peine de lire le scénario. Le nom de Romy Schneider lui garantissait le succès.

Quelques semaines plus tôt, celle-ci avait entrepris quelques démarches capitales pour sa vie personnelle. À Munich, elle signa un contrat qui réglait la séparation provisoire (mais pas la dissolution définitive, contrairement à ce que l'on affirme) de son couple. On estima à un peu moins de trois millions de Deutsche Marks (quelque six millions de francs de l'époque) la « fortune commune » qu'elle devrait partager avec Harry Meyen. J'ignore au nom de quoi Meyen a jugé qu'une moitié de cette fortune lui revenait de droit. Il prétendait avoir été beaucoup plus riche que Romy avant leur mariage, et n'avoir suspendu sa carrière que pour elle. On se demande bien alors pourquoi ce fut Romy qui dut lui avancer deux cent mille marks pour son ex-épouse, Anneliese Römer, à titre de dédommagement pour le divorce.

Le jour où fut signé cet accord de séparation, certains prétendirent avoir vu Romy pleurer toutes les larmes de son corps, assise avec une amie à un bar d'hôtel de Munich.

Lorsqu'elle revint en France, le lendemain, elle était en tout cas d'une gaieté lumineuse. Le tournage qui suivit, sous la direction de Brialy, fut idyllique et très reposant. David passa ses vacances à côté de sa mère, qui embellissait chaque jour. Ses histoires d'amour la rendaient encore plus séduisante et désirable.

Il n'y eut pas seulement sa *love story* avec Trintignant, mais aussi avec Bruno Ganz, le comédien d'origine suisse. Cette romance-là ne fut cependant pas aussi longue et dense que l'ont décrite certains journalistes et certains auteurs à l'imagination débridée. Romy était surtout fascinée par l'art de cet homme particulièrement expressif qui porte aujourd'hui l'anneau d'Iffland, la distinction la plus convoitée dans le théâtre germanophone. L'admiration de Romy pour Bruno Ganz n'a d'ailleurs pas cessé avec la fin de leur brève relation amoureuse. Je me rappelle encore une prestation de Ganz au théâtre de l'Odéon, à Paris. À l'invitation de l'ambassade d'Allemagne, on y donnait le drame de Kleist, *Le Prince Frédéric de Hombourg*, pour une seule représentation en langue originale. Romy ne tarissait plus d'éloges sur la performance du comédien et de la compagnie. On servit du champagne à tous ceux qu'elle fit venir en voiture de l'hôtel Crillon – on ouvrit au moins cent bouteilles, une petite fortune. Je ne me rappelle plus le montant précis, bien que ce soit moi qui aie passé la commande au nom de Romy. Cet épisode apparemment accessoire reflète cependant fort bien qui était Romy Schneider. Elle était capable de dépenser des sommes monstreuses parce que son cœur débordait d'amour, de tendresse, de sympathie ou de simple chaleur humaine. Elle n'avait pourtant pas l'habitude de jeter l'argent par les fenêtres. Mais lorsqu'elle avait envie de se montrer généreuse, il n'y avait plus de limites. Certains ont d'ailleurs remarqué cette qualité au fil des ans et ont su l'utiliser en toute connaissance de cause.

Mais revenons au tournage d'*Un amour de*

pluie, au milieu de l'année 1973. Je faisais des allers-retours entre Vittel et Paris pour surveiller la progression des travaux rue Berlioz. Nous avions arrêté une date pour le déménagement. En septembre, lorsque Brialy aurait fini son film, Romy s'installerait dans ce nouveau foyer, le sien.

Notre baromètre était au beau fixe. David passa ses deux mois de congé entre la piscine et son lit. À une seule exception : une journée de tournage où sa jolie mère l'entraîna devant la caméra, pour une scène où l'on voit effectivement sa chevelure blonde. Le maire, qui approvisionnait quotidiennement l'équipe en champagne, contribua lui aussi à la gaieté et à l'ambiance de vacances. On jouait au tennis et au tarot, on se rendait parfois au casino. Tout cela ressemblait plus à une villégiature familiale qu'à un plateau de cinéma. Le clap de fin fut suivi d'une fête bien arrosée. Romy, rayonnante, y dansa une valse avec chaque membre de l'équipe.

La manière dont Romy fit l'éloge du film de Brialy était à la fois touchante et habile. « Nous savions tous les deux, expliqua-t-elle aux journalistes, que nous ne tournions pas vraiment *Macbeth*. Mais c'est un très joli film, que j'apprécie tout particulièrement pour la finesse et la poésie de Jean-Claude. »

Lorsque *Un amour de pluie* fut soumis à la critique, au début de 1974, le plaidoyer vigoureux de la grande Romy Schneider en faveur de cette petite histoire de liaisons estivales fugitives avec retour final à la maison ne servit pas à grand-chose. La presse, française et allemande, l'éreinta unanimement. *Le Monde* écrivit par exemple de cette deuxième œuvre réalisée par Brialy que celui-ci n'était pas Mozart, que ses accès de sentimentalisme et ses images complaisantes étaient d'une effroyable vanité... Le journal parlait d'une succession de petits riens. On pouvait difficilement s'étonner, dans ces conditions, que ce film n'ait jamais vraiment franchi le seuil de l'insignifiance.

Cela étant dit, après ces jours de l'été 1973, je n'ai plus jamais vu Romy aller travailler d'un cœur aussi léger.

7

Karajan, Jürgens et « Daddy » Blatzheim

L'appartement de la rue Berlioz fut achevé à temps. Début septembre, les maçons, les peintres et les poseurs de moquette avaient terminé leur travail. On put organiser le départ définitif de Hambourg, où vivait encore Harry Meyen.

Ce déménagement aurait pu être un triomphe tardif pour Herbert Blatzheim, le second époux de Magda Schneider. Mais celui-ci est mort cinq années avant que Romy et Meyen ne se séparent définitivement. Le beau-père de l'actrice l'avait en effet mise en garde contre ce mari qu'elle avait épousé lors d'une cérémonie éclair sur la Côte d'Azur. Peut-être Blatzheim, un homme orgueilleux, avait-il été vexé de ne pas en avoir été informé officiellement par l'arrogant Meyen. Les deux hommes ne se rencontrèrent que deux fois, à Berlin et au Goldener Hirsch de Salzbourg. C'est Adi Vogel, un mondain qui se faisait volontiers appeler « le baron du sel », qui les y avait invités à l'occasion du Festival, pour une première à laquelle avait assisté le couple Meyen. « Le monde entier, estima ensuite Blatzheim avec rage et mépris, est persuadé que ce Harry Meyen que l'on dit économe, vaniteux et glacé, n'en avait qu'après la fortune de Romy. Ce n'est pas moi qui l'ai inventé. » Il raconta à Magda, la mère de Romy : « Beaucoup d'amis de Harry Meyen, qui le connaissent depuis des années, demandent toujours d'un ton moqueur : alors, est-ce que Harry a mis la main sur l'argent de Romy ? »

Après toutes ces années où l'on est allé à la pêche aux citations dans les archives de presse, les livres et les interviews, le temps me semble venu de donner mon opinion personnelle sur Harry Meyen : l'artiste était à mes yeux un être profondément blessé dans tous les domaines qui lui paraissaient importants. Blessé dans son amour-propre, dans son intellectualisme, dans l'image qu'il avait de lui-même. Blessé dans sa morale, son arrogance, sa fierté et ses principes.

Avec sa manière de l'aimer, cet homme-là n'a rien apporté de bon à Romy. Il n'a rien compris à cette femme, jusqu'au dernier instant. Car il est très vraisemblablement mort avec le sentiment d'avoir porté à Romy un amour sincère et loyal.

Lorsque l'on commença à exprimer tous ces reproches à voix haute, Romy prit bien entendu le parti de son époux, que Blatzheim considérait comme un petit-bourgeois parvenu et qu'il méprisait profondément. Meyen, de son côté, se laissa d'ailleurs égarer par les hypothèses et les supputations sur l'époux de Magda Schneider. Et il se vengea en posant les mêmes questions rhétoriques que Blatzheim : qu'avait fait celui-ci de la fortune de Romy Schneider, ces sommes qu'elle avait gagnées lors de ses tournages des années cinquante et du début des années soixante, qu'on lui avait confiées à *lui* et qui avaient été déposées sur les comptes suisses de l'entreprise Thyrsos ? Sur ces comptes, son beau-père gérait les cachets de Romy, et il y avait effectivement eu quelques affrontements sur ce point. Lorsque la jeune Romy était venue vivre une première fois à Paris, auprès d'Alain Delon, elle avait exigé à plusieurs reprises que Blatzheim lui restitue son argent.

Des accusations ouvertes comme celles de Meyen entretenaient aussi de purs et simples commérages. On disait ainsi que la fortune accumulée par Romy au cours des seules années des *Sissi* dépassait déjà les dix millions de Deutsche Marks. Autant d'affabulations qui, au bout du compte, ne pouvaient que nuire à Romy Schneider.

Car il est un point sur lequel les autorités fiscales européennes se ressemblent beaucoup : que ce soit en Allemagne, en Autriche ou en France, elles font leurs choux gras avec les articles où l'on donne des chiffres détaillés. Les inspecteurs les stockent bien proprement en attendant le jour où ils pourront s'en servir. Le fait de n'avoir jamais démenti ces bavardages stupides et fallacieux a beaucoup nui à Romy, et a contribué, au fil des ans, à donner d'elle une image totalement erronée. Le plus triste est que les personnes qui la côtoyaient de très près alimentaient souvent ces ragots.

Meyen en faisait partie. La haine qu'il ressentait envers Blatzheim se transforma en sombres allusions, et celles-ci nourrirent les pires calomnies sur le beau-père et sa belle-fille. Des bruits aussi absurdes que les prétendues passions de Romy pour Curd Jürgens et Herbert von Karajan, ou que les relations physiques que la rumeur leur prêta.

Romy, qui n'a jamais eu le moindre problème, par la suite, pour parler de ses relations avec les hommes – et les femmes – se contentait de sourire d'un air las lorsqu'on la questionnait sur ces prétendues liaisons. Mes rencontres personnelles avec Jürgens et Karajan ont achevé de me persuader qu'il n'y avait jamais rien eu entre elle et eux.

Curd Jürgens, un homme digne, tout d'une pièce, n'aurait jamais écrit à une jeune fille une lettre aussi grotesque et pathétique que celle qu'on lui a attribuée, sans jamais en apporter la preuve. On dit qu'il y évoquait les nombreuses scènes sexuelles sordides qu'il avait déjà vécues et contre lesquelles il voulait désormais protéger Romy.

Quant à Karajan, jamais il ne se serait laissé aller à affirmer devant l'un de ses interlocuteurs, en claquant de la langue comme un pilier de bistrot : « Ah, ce corps-là, je le connais bien ! », même s'il avait vu une ou plusieurs fois Romy se baigner nue dans leur résidence d'été commune à Saint-Tropez. Romy était liée avec les deux artistes, surtout avec Curd Jürgens, par une amitié profonde et sincère. Si elle éprouvait de la passion, ce n'était pas pour ces hommes en tant que tels, mais pour le chef d'orchestre et le grand acteur qu'ils étaient.

Les hommes mûrs n'avaient du reste à ses yeux aucun attrait érotique. Romy a souvent exprimé dans des entretiens l'étonnement que lui inspiraient ces femmes qui se sentent attirées par des partenaires beaucoup plus âgés qu'elles. Les prétendues relations intimes que Blatzheim aurait eues avec Romy sont donc pure affabulation. Certains amateurs de scoops allèrent jusqu'à raconter que dans leur maison familiale, à Mariengrund, il était entré de force dans la chambre de sa belle-fille mineure – comme si les rapports libérés et détendus de Romy avec la sexualité ne fournissaient pas déjà suffisamment de matériau sur cette question ! « Je crois, m'a-t-elle avoué, que Blatzheim a regardé un jour par le trou de la serrure de ma salle de bains. Mais je ne pourrais pas le jurer. Ensuite, par sécurité, a-t-elle ajouté en riant et en me lançant un clin d'œil, je verrouillais systématiquement la porte en laissant les clés à l'intérieur. »

Ce qui est vrai, en revanche, c'est que Romy (bien avant de faire la connaissance de Harry Meyen) éprouvait une profonde répugnance pour l'époux de sa mère, lui que l'on a affublé à tort, dans beaucoup de publications, du surnom de « Daddy ». « Blatzheim n'avait jamais eu aucune intention physique à mon égard, dit Romy. Mais il regardait d'autant plus mon argent. Il rêvait que je tourne une suite à mes trois *Sissi.* »

Après sa mort, elle le qualifia de « maquereau », persuadée qu'il avait toute sa vie durant exploité ceux qu'il avait croisés, même ses proches.

À la fin de l'été 1973, Romy ancra donc à Paris tout ce qui lui tenait le plus à cœur – son fils, ses amours, sa personne et son mobilier. Sous un toit qui lui appartenait et sous lequel elle se sentait bien. C'en était fini de l'existence de nomade. Elle avait longtemps rêvé de ce nouveau nid familial ; désormais, elle l'avait.

Michel van Leempoel l'avait meublé avec parcimonie, mais il ne manquait pas de chaleur. On y trouvait beaucoup de bois, des couleurs rares mais agréables et quantité de divans et de fauteuils confortables, où l'on se sentait naturellement bien.

Il ne manquait plus qu'un chien. C'était une sorte de tic chez Romy, depuis sa plus petite enfance : lorsqu'on tenait un cadre aussi idyllique, il y fallait un animal. Je partis donc pour Londres en voiture et j'en revins avec un ravissant bébé chien. Adonis était un merveilleux labrador qui mit en un temps record tout notre logement sens dessus dessous. Romy, qui aimait les chiens, avait fait une légère erreur d'appréciation sur la taille qu'allait prendre l'animal. Pour préserver la paix domestique et surtout l'élégance de l'appartement, nous dûmes nous résoudre à donner Adonis. Il fut recueilli par des amis installés à la campagne.

À cette époque, je refréquentais ma garçonnière de la rue Jean-Goujon pour respirer un peu. Car « l'entreprise » Romy Schneider m'avait depuis longtemps totalement absorbé, même si mes revenus mensuels (entre deux mille cinq cents et quatre mille francs) n'étaient pas vraiment princiers pour un emploi à temps plein.

Romy n'appréciait pas que je tente de préserver un peu de vie personnelle. Elle avait besoin de moi à ses côtés – il n'y avait rien d'étonnant à cela : toute la maison fonctionnait dans le chaos. Tout se déroulait selon le principe du hasard, depuis l'achat du mobilier manquant ou de bibelots divers jusqu'à l'heure des repas. Le paradoxe était que Romy Schneider aimait à jouir d'un certain confort bourgeois mais menait la vie d'une hippie. Elle mangeait quand elle avait faim, buvait quand elle avait soif et dormait quand elle était fatiguée. Le rythme de son foyer n'était donc fixé ni par la tradition, ni par un quelconque protocole. Les jours où elle ne tournait pas, Romy se laissait aller à une certaine nonchalance. Ces moments de tranquillité paraissaient être une source d'énergie indispensable à son travail, un carburant dont elle ne pouvait faire le plein qu'entre ses quatre murs. Là elle était à l'abri des badauds, des curieux et autres trouble-fête.

Elle avait besoin pour cela de ma présence. J'étais son lien avec le monde extérieur. J'apportais les nouvelles du dehors. J'étais le messager, l'intrigant au service de ma reine. Je devais appeler en son nom d'innombrables personnes au téléphone, et c'est elle qui me donnait les instructions, l'oreille collée à l'écouteur. Elle clignait des yeux pour accepter ou refuser, me chuchotait quelques mots, faisait des grimaces. J'avais souvent du mal à ne pas éclater de rire. Ce jeu me forçait parfois à mentir. C'était une affaire entendue entre elle et moi : au téléphone, je devais tout « traiter » moi-même jusqu'à ce qu'elle décide si elle voulait ou non prendre la communication. Quatre personnes seulement ne furent jamais soumises à ce filtrage : Michelle de Broca, Claude Sautet, Jean-Louis Livi et – bien entendu – Jean-Claude Brialy.

Avant même le début du tournage du *Mouton enragé*, je dus trouver un dérivatif à un membre de la famille qui, contrairement à sa mère, disposait d'un surplus d'énergie : j'inscrivis David à l'école de judo de la salle Pleyel. Mais il nous fallut désormais contrôler la force de « l'enragé » : tous les soirs, il proposait à la gouvernante de lui montrer un échantillon de sa force musculaire. Lorsque j'intervenais pour défendre cette malheureuse déjà un peu minée par le désordre qui régnait chez nous, les bagarres ne s'arrêtaient plus. Romy devait mettre un terme à nos combats en tapant très fort dans ses mains.

Lorsque je réfléchis aujourd'hui à la place que Romy m'avait attribuée dans son foyer, je dois bien le reconnaître : à cette époque, je n'avais pas compris quel degré d'intimité nous avions atteint. J'étais peut-être trop jeune pour remarquer à quel point j'avais déjà abandonné le rôle qui devait être le mien à l'origine, combien mon activité était devenue une sorte de complicité familière.

Je ressentais tout juste un sentiment croissant d'appartenance, qui s'exprimait par une loyauté absolue.

8

Des millions

Le 3 septembre 1973 fut pour Romy une journée funeste. Mais elle était loin de s'en douter à l'époque, lorsqu'elle signa un contrat de cinq ans avec une firme suisse. Elle était même persuadée du contraire. Elle croyait être enfin débarrassée des obligations gênantes et désagréables auxquelles l'exposait son statut d'artiste indépendante. Elle crut avoir mis d'un seul coup un terme définitif à son combat permanent pour gagner son argent, le dépenser sans excès et ne pas payer trop d'impôts.

À l'époque, les cachets de Romy s'élevaient à environ un million de francs par film. Sa cote était en forte hausse : elle était devenue la star féminine la plus réclamée de France. Les exploitants de cinémas se frottaient les mains chaque fois qu'elle interprétait un nouveau film. Elle incita malgré tout son agent Jean-Louis Livi à ne pas abuser de cet avantage provisoire lors des négociations et à ne pas faire monter ses cachets aux niveaux astronomiques que l'on rencontre à Hollywood en cette fin de siècle. « Jean-Louis, disait-elle souvent, je t'en prie, n'exagère pas sur le cachet. » Cela peut paraître totalement incroyable aujourd'hui. C'est pourtant la vérité.

Lorsqu'on parlait d'argent, Romy semblait se désintéresser totalement de la question, elle se montrait d'une indifférence paisible et absolue et refusait de se disputer sur ce point avec qui que ce soit. Elle n'avait envers l'argent ni amour, ni mépris. On aurait plutôt pu parler d'un respect réservé. Elle considérait l'argent tout au plus comme un moyen utile pour vivre confortablement. Ceux qui l'ont traitée de gaspilleuse, comme l'a fait Magda Schneider à plusieurs reprises, y compris en public, ont commis une injustice – d'autant que de la part d'une mère, cette critique était particulièrement malvenue.

La firme suisse à laquelle Romy avait fait appel, administrée par un avocat, gérait les finances de nombreux artistes renommés : Curd Jürgens, Lilli Palmer, Peter Van Eyck, Carlos Thompson – cette liste n'est ni exhaustive, ni même représentative. Au début en tout cas, Romy fut profondément impressionnée ; cette entreprise helvétique lui inspira une confiance absolue. Elle libérait par contrat tous les artistes qui le souhaitaient de leurs préoccupations matérielles et gérait toutes les dépenses liées à leur profession : costumes, transports, logement et représentation. Elle assurait en outre un revenu régulier à ses clients. Dans le cas de Romy, dont la résidence officielle fut à partir de septembre 1973 le 50, Segantinistrasse à Zurich, ce revenu s'élevait à douze mille francs suisses, versés douze fois par an, que Romy tourne ou non.

En 1977, lorsque notre fille Sarah naquit, Romy avait reçu son salaire mensuel pendant un an sans la moindre contrepartie. En se fondant sur cet exemple, on est tenté de porter un jugement tout à fait positif sur l'activité de cette entreprise. Je dois avouer que dans un premier temps, j'ai moi aussi été enthousiasmé. Comme Romy, je n'avais pas la main heureuse pour les questions d'argent, et j'étais soulagé que quelqu'un se charge de ces corvées. Il me fallut du temps pour comprendre que la société jouait un jeu dangereux avec ses artistes, qui ignoraient tout des rouages financiers. Un jeu qui, au bout du compte, ne pouvait que léser ceux qui, en toute bonne conscience (laquelle ne protège pas contre les redressements et les amendes), se croyaient désormais à l'abri du fisc. La société suisse, elle, n'a jamais été menacée : protégée contre les rigueurs de l'administration, elle percevait sans le moindre risque le flot des cachets touchés par les stars à l'étranger. Car elle fut la seule, désormais, à signer au nom de Romy des contrats de films avec des producteurs français ou étrangers. L'intégralité des cachets était envoyée à Zurich dès que la Banque de France avait donné son accord, lorsqu'il s'agissait d'une production française. Les cachets étaient alors partagés : 15 % rémunéraient l'activité de l'avocat administrateur de la firme, 10 % allaient à l'agent Jean-Louis Livi pour son travail. Si l'on se fondait sur l'hypothèse, tout à fait réaliste, d'une somme totale d'un million de francs par film, on devait donc déjà retirer deux cent cinquante mille francs une fois l'argent arrivé à Zurich.

À cela s'ajoutaient encore cent quarante-quatre mille francs suisses, c'est-à-dire quelque trois cent cinquante mille francs annuels. C'était le salaire versé à Romy via le Crédit du Nord. Romy était la seule à avoir accès au compte n° 462 910-42, de même qu'au compte n° 457 933-42, ouvert dans la même banque. Ce dernier appartenait à l'Imfra, une société immobilière que j'ai déjà mentionnée, qui fut fondée à la demande de Romy et sous le parrainage de son conseiller. C'est sur ce compte qu'étaient prélevées toutes les sommes utilisées pour l'achat et l'entretien de ses logements. Tout passait par l'Imfra – depuis l'achat de l'appartement de la rue Berlioz, qui représentait largement plus d'un million de francs, jusqu'au paiement des factures de gaz et d'électricité.

Romy Schneider ouvrit en 1973, de sa propre initiative, un troisième compte au Crédit du Nord : le compte privé pour ressortissants étrangers 456 147-43, auquel elle fut seule à avoir accès jusqu'en 1976. Au cours de notre première année de mariage, j'eus moi aussi accès à ce compte-là.

Romy s'était assez souvent plainte des 15 % qu'elle devait payer à l'administrateur de la société suisse : « C'est une somme très, très élevée. » Mais elle considérait tout de même que c'était le prix à payer pour avoir la conscience tranquille : « J'ai un revenu mensuel assuré dans un métier qui n'est pas sûr, et puis c'est cette firme qui assume tous les risques. »

C'est ce qu'elle croyait. Car cette sécurité apparente était totalement illusoire. Quelques années plus tard, le fisc français contrôla ses revenus. Et les explications de la société helvétique ne lui suffirent pas du tout. Il estima qu'il s'agissait d'une simple société écran qui permettait à Romy d'échapper, en France, à ses obligations fiscales. Résultat : au terme d'une longue procédure, on lui réclama le triple de ce qu'elle aurait dû payer à l'origine.

Lorsque cela survint, on ne parlait plus depuis longtemps que de « Monsieur Gâteux », s'agissant de l'avocat administrateur. Ses coups de bluff naïfs et vieux jeu consternaient Romy encore plus que ses erreurs d'évaluation et sa méconnaissance de la loi. Au téléphone, elle lui cria un jour : « J'espère que vous en êtes conscient et que cela vous fait au moins un peu de peine de voir dans quelle merde vous m'avez fichue ! »

9

Soucis professionnels

L'automne 1973 fut néanmoins pour Romy un moment extraordinaire. Elle n'avait pas encore la moindre idée des problèmes que le fisc français allait lui créer en enquêtant sur cette période de son existence, qui dura jusqu'au début 1980 et fut une époque de grande activité artistique.

Je n'en avais d'ailleurs pas la moindre idée non plus, hélas. Car si j'avais eu conscience du risque que courait Romy, mais aussi des conséquences que toute cette histoire avec la Suisse aurait pour moi quelques années plus tard, j'aurais tout fait pour la dissuader. D'autant plus que mon influence grandissait alors. Je n'ignorais pas que Romy avait une parfaite confiance dans la firme qui gérait ses intérêts. Pour ma part, la question ne m'intéressait pas vraiment, et je ne m'en étais pas soucié bien longtemps. C'étaient les affaires de Romy, elle savait ce qu'elle faisait. Même plus tard, quand ces affaires furent devenues les miennes, je ne m'en suis guère préoccupé : j'étais jeune et insouciant. Je n'ai réagi qu'au moment où toute cette histoire a commencé à menacer l'existence même de Romy – et, par la suite, la mienne.

Sur les questions artistiques en revanche, il était très rare que son instinct la trompe. Car son plan de carrière avait cessé de respecter une stratégie arrêtée. Pendant qu'elle tournait *Le Train* avec Trintignant, elle ne savait encore rien du prochain film dont elle partagerait la vedette avec son compagnon éphémère, et pendant son tournage d'été avec Brialy, elle se demanda pendant des semaines si elle devait accepter le rôle qu'on lui proposait dans *Le Trio infernal.* Jusqu'à sa mort, elle a gardé l'habitude de se baser instinctivement sur le scénario, le réalisateur, les acteurs principaux et son propre rôle, et de décider sur un « coup de cœur » si elle y allait ou non. Elle était devenue extrêmement sélective. Cela ne la mit pas à l'abri de certaines déconvenues, qu'elle commentait avec rage : « Moi, devant la caméra, je donne tout, et je demande que les autres le fassent aussi. » Cette phrase date de 1974, et concerne son travail avec le réalisateur Claude Chabrol, dont on disait alors beaucoup de bien.

Les Innocents aux mains sales fut un film couronné de lauriers, devenu depuis un classique. Romy jugea pourtant que le réalisateur avait eu un comportement abominable : il jouait aux échecs pendant le tournage ! Il n'était tendu et concentré qu'à l'instant où il déplaçait sa dame, bien installé derrière la caméra. Ses acteurs l'intéressaient beaucoup moins. Un jour, alors que j'étais passé la prendre sur le plateau, Romy m'expliqua avec indignation : « Pour nous tranquilliser, il n'arrête pas de nous dire : “Allez, vous savez bien comment ça se passe, je vais tourner ça comme on a dit.” » Romy était totalement déconcertée par cette attitude, qu'elle qualifiait d'« escroquerie ».

Les propos que tint après sa mort Andrzej Zulawski, un réalisateur aussi grand qu'infatué, l'auraient sans doute laissée sans voix. Le cinéaste qui lui avait fait gagner un César avec *L'important c'est d'aimer* raconta que Romy, pendant le tournage, préférait passer la nuit dans sa salle de séjour, avec sa propre famille. Elle préférait rester avec les proches du réalisateur parce qu'elle « ne se sentait pas à l'abri chez elle », prétendit Zulawski. C'est absurde et grotesque – 1974 a été l'une des années où Romy fut le plus heureuse. Elle était séparée d'un homme qui l'avait brimée, elle vivait avec son fils bien-aimé, pour lequel elle avait enfin trouvé un gîte permanent, et sa carrière artistique était en plein essor. Tout cela lui donnait un sentiment de liberté et de légèreté absolu.

Zulawski avait manifestement du mal à faire la distinction entre le rôle de Romy (une actrice au rancart qui bascule dans le milieu du porno) et la réalité. Car Romy, pendant le tournage de *L'important c'est d'aimer*, était fort éprise d'un jeune partenaire qui se trouvait avec elle devant la caméra, mais que chacun connaissait en France pour la place qu'il occupait dans les hit-parades : Jacques Dutronc.

Par ailleurs, à cette époque, Romy n'aurait préféré aucun living-room du monde (surtout pas celui de M. Zulawski) à une nuit sous le même toit que son fils adoré. En tout cas, dans les années soixante-dix, lorsqu'elle avait fini un tournage, elle ne se récompensait pas en s'offrant un éphèbe, un vieux réalisateur ou un tube de comprimés.

Romy avait pourtant une petite faiblesse, un plaisir qu'elle s'octroyait régulièrement après ces semaines et ces mois harassants devant les caméras. Chaque fois, son chemin la menait rue du Faubourg-Saint-Honoré, où le joaillier Oxeda tenait sa petite boutique. Romy était fascinée par ses vieilles bagues, ses broches, ses colliers, ses montres et ses médaillons. Elle aimait beaucoup les colliers anciens en or : elle n'en avait jamais assez. S'offrir toute seule un bijou de ce type ne lui posait aucun problème – cela lui était même plus agréable que si un homme le lui avait donné. Se rendre chez Oxeda était devenu pour elle un rituel. Elle avait aussi pris l'habitude de lui rapporter tous les deux mois en réparation une admirable bague en bois sertie de trois pierres. Cette petite splendeur lui avait été offerte par son maître aimé et vénéré, Luchino Visconti. Romy était transfigurée lorsqu'elle parlait de celui-ci et de l'influence qu'il avait exercée sur elle. Mais je crois que, en l'espèce, elle en rajoutait quelque peu. Car si Visconti avait pu être pour elle une sorte de père en matière de goût et de questions artistiques, il ne la soutenait pas dans la dure réalité de la vie quotidienne – que Romy me pardonne ce jugement.

Le respect et l'amitié réciproques qui la liaient à Michel Piccoli, avec lequel elle tourna l'inoubliable *Trio infernal* et cinq films ultérieurs, étaient d'une tout autre nature. Leur relation était pour ainsi dire « souterraine ». On ne la distinguait pas à l'œil nu : ils s'appelaient très rarement au téléphone, ne se rencontraient guère, ne s'invitaient pas. Et pourtant, chaque fois qu'ils se rencontraient, on sentait qu'ils avaient l'un pour l'autre des sentiments extraordinairement forts : sincères, tendres et respectueux. « Michel et moi, me dit un jour Romy à propos de cet attachement hors du commun, c'est une longue histoire sans histoire. Lui, c'est un grand acteur, un personnage unique, une intelligence exceptionnelle. Et puis, c'est mon ami. » Des mots étranges, qui m'ont beaucoup impressionné. Ils étaient exprimés avec force et pudeur à la fois, tout comme cette réponse laconique et superbe de respect, donnée aujourd'hui par Piccoli lorsqu'on l'interroge sur Romy et la relation qu'il avait avec elle : « Elle est morte... »

10

L'histoire d'une bague

Si Romy avait engagé une jeune fille à ma place, le public n'aurait pas eu le moindre soupçon. Mais ma présence dans son foyer était pour les médias une véritable provocation. Il ne faut pas l'oublier, c'étaient les années soixante-dix, et les gens avaient l'esprit encore moins large qu'aujourd'hui. Tout ce qu'ils ne pouvaient ni comprendre, ni savoir en toute certitude, excitait leur imagination. Après tout, j'avais à peine vingt-quatre ans et un rôle important dans l'existence de Romy Schneider.

Pour ma part, je ne voyais rien d'extraordinaire dans ce job qui m'accaparait et se transformait petit à petit en emploi à temps plein. Sa seule particularité était de m'offrir, moyennant rémunération, une vie intense et intéressante avec vue sur les coulisses du cinéma.

J'éprouvais envers mon employeuse de l'amitié et un grand respect. Et puis j'avais l'insouciance de la jeunesse, je prenais la vie telle qu'elle venait. Fait étonnant, c'est justement ce côté insouciant que Romy trouvait séduisant, comme elle me l'avoua pour la première fois au début de 1974.

Une opinion publiée fait souvent l'opinion publique : celle-ci s'accroche fermement à n'importe quelle information, même si elle ne repose pas sur une once de vérité. C'est l'une des raisons majeures pour lesquelles il me fut si difficile, à cette époque et au cours des années qui suivirent, de trouver la bonne place, celle qui m'aurait permis de m'affirmer sans devoir passer des heures à me justifier. Dès 1973, j'eus vent des premières rumeurs sur ma position à l'égard de la famille Schneider en général et de Romy en particulier.

Pour Romy, ma situation avait été clairement définie : Daniel résout tous les problèmes en un clin d'œil, il est discret, il a un mode de vie singulier qui déconcerte même une artiste, et surtout, David est fou de lui. Cet amour-là était entièrement réciproque.

Un petit épisode qui se déroula à la fin de l'année 1974, rue Berlioz, donne un bel exemple de notre relation amicale. Romy avait lancé des invitations pour la première grande fête dans son appartement. Avant Noël, elle m'avait dit : « Ce serait bien, Daniel, que tu viennes trinquer avec nous pour le réveillon. Fais un saut à n'importe quelle heure, tu seras le bienvenu. »

J'acceptai, mais je n'arrivai rue Berlioz qu'après minuit. Dans les rues de Paris, on fêtait encore joyeusement la nouvelle année. Mais dans le grand appartement, le calme régnait déjà, même s'il s'y trouvait encore une douzaine d'invités.

David n'était pas là : il passait les fêtes chez son père, à Hambourg. Jean-Claude Brialy non plus, et son absence se faisait cruellement sentir.

Il y avait Pierre Granier-Deferre, Michelle de Broca, Alain Delon, Mireille Darc, Serge Marquand, et d'autres dont je ne me rappelle plus précisément le nom. L'atmosphère était un peu guindée lorsque j'entrai et souhaitai à chacun une bonne et heureuse année.

Je contribuai assez rapidement à l'hilarité de l'assistance, avec « l'aide » efficace de Romy. Pour Noël, je m'étais gâté : j'avais acheté chez Weston une paire de mocassins qui me paraissait sublime. J'en étais assez fier, parce que c'était pour moi l'accomplissement d'un rêve de jeunesse. Il ne fallut pas longtemps pour que Romy, la maîtresse des détails, remarque mes nouvelles chaussures. J'étais persuadé que leur beauté allait lui couper le souffle.

Elle en eut effectivement le souffle coupé, mais pas exactement dans le sens que j'espérais.

De son index recourbé, elle m'invita à en enlever une. La mine un peu moqueuse, j'ôtai le mocassin et le fis tourner sur le côté pour qu'elle puisse admirer les coutures. Elle prit le soulier, l'inspecta et s'exclama en riant : « Mais c'est du crocodile ! » Puis, sans attendre de réponse et sur un ton qui n'admettait aucune réplique, elle ajouta : « Donne l'autre ! » Un peu ahuri, je lui obéis et la suivis dans la cuisine. Elle alla d'un pas résolu vers le vide-ordures, l'ouvrit et y catapulta les chaussures : « Et voilà, terminé ! Des mocassins en croco, comme un vrai maquereau ! Tu m'écœures ! Ça me rappelle mon beau-père... »

Pour Romy, certains détails extérieurs jouaient un rôle très important. Je ne le compris pas tout de suite – j'étais un jeune homme, qui s'habillait selon son temps et surtout comme les gens de son âge : des jeans, des vestes légères, des chemises à long col, le tout n'étant pas toujours assorti selon les critères ultimes de l'élégance et de la théorie des couleurs. L'une des premières choses qui m'avaient frappé chez Romy était sa garde-robe. Elle n'avait pas beaucoup de vêtements, mais ils étaient choisis avec raffinement et ne correspondaient pas du tout à ce que l'on disait d'elle. On parlait toujours de penderies gigantesques et de vestiaires immenses remplis à ras bord de robes achetées à prix d'or. Rue Berlioz comme dans tous ses autres domiciles, la taille réduite des placards aurait de toute façon empêché pareille démesure. Romy tenait certes à renouveler constamment sa garde-robe, mais son volume lui importait peu.

Romy a longtemps porté du Chanel. Elle a, pendant une brève période, trouvé Courrèges amusant. Mais arrivée au milieu de la trentaine, belle comme elle ne l'avait encore jamais été, elle avait aussi changé sa manière d'être : « Je ne dois plus chercher mon élégance dans les vêtements, affirmait-elle, il faut que mes vêtements soulignent mon élégance naturelle. » Elle choisit alors Yves Saint Laurent. Le couturier mettait gratuitement à sa disposition les robes particulièrement luxueuses qu'elle portait pour les sorties officielles. C'était pure amitié de la part du créateur ! On n'imaginerait pas qu'une star accepte aujourd'hui cette sorte d'arrangement sans toucher des honoraires.

C'était tout aussi inconcevable que les scènes auxquelles on assistait lorsque Romy triait sa garde-robe. Tous les vêtements dont elle ne voulait plus volaient alors dans la pièce jusqu'à ce qu'un gros tas se soit formé à l'autre bout : on y trouvait des robes, des jupes, des pantalons, des tailleurs, des corsages et des tenues de soirée. Heureuses les amies qui se trouvaient chez Romy un jour comme celui-là ! Romy ne se faisait pas prier pour leur offrir ces merveilles.

Deux fois par an, elle faisait ainsi le tri, selon des critères que je n'ai pas encore compris. J'ignorais où allaient exactement les vêtements qu'elle ne gardait pas. Je ne m'en suis jamais soucié. Mais j'ai été consterné lorsque j'ai eu vent, dans les années quatre-vingt-dix, de cette grande vente aux enchères organisée à Salzbourg où l'on a dispersé un lot entier de robes lui ayant appartenu. Je ne peux pas expliquer comment elles sont arrivées là. Je ne sais pas non plus qui a organisé cela. Pourquoi, au nom de qui, et surtout au bénéfice de qui et au nom de quelle nécessité avait-on procédé à cette mise à l'encan ? Quelles que soient les réponses à ces questions, cette manifestation était un outrage à la morte, et je l'ai ressentie comme un affront à Sarah, la fille de Romy.

Je n'ai jamais été un amateur de reliques. Les souvenirs que j'ai gardés de Romy ne sont pas matériels. À une exception près : je porte toujours la bague qu'elle m'a offerte en 1975 en guise d'anneau de mariage, une bague en hématite que lui avait offerte son père, Wolf Albach-Retty. Je ne me séparerai de cette bague qu'à ma mort. Et je veux que Sarah la porte après mon décès.

Cette bague, des calomniateurs l'ont utilisée

pour me faire passer pour un voleur. Ce n'était qu'une rumeur, cela s'entend, mais on l'avait lancée sciemment, selon le bon vieux principe : calomniez, calomniez, il en restera toujours quelque chose. À en croire ces supputations malveillantes, j'avais emporté des bijoux appartenant à Romy lors de notre séparation, en 1981. Par la suite, cette accusation qui circulait sous le manteau se concentra sur ma seule bague de mariage. On ne se gêna pas pour faire parler Romy à titre posthume : « Je veux au moins récupérer la bague de mon père », aurait-elle dit après notre séparation. Suivait la description de la bague, qui montre bien que toute cette histoire n'est que l'un des nombreux mensonges lancés contre moi après la disparition de Romy. À en croire les médisants, Romy décrivait ainsi l'anneau, la pierre et la gravure : sur cette bague, on avait gravé avec art les trois majuscules W.A.R., pour Wolf Albach-Retty.

L'explication serait logique. Seulement voilà, Romy n'aurait jamais pu dire une chose pareille.

Elle était la seule (mis à part moi) à savoir ce qui figurait vraiment sur la bague. C'est tout de même elle qui me l'avait passée au doigt, en décembre 1975, à Berlin ! Le problème, pour les menteurs, c'est que contrairement à tout ce que l'on voyait sur les documents, témoignages, affiches de théâtre et de cinéma, les initiales du père de Romy sur la bague ne sont pas au nombre de trois mais de deux : W.A., pour

Wolf Albach. En décembre 1975, Romy avait fait refaire la gravure : son joaillier parisien avait alors incrusté deux autres lettres dans les grandes ; elles étaient plus petites, à peine visibles à l'œil nu : D + R – Daniel et Romy.

Cette sombre histoire n'aurait peut-être même pas mérité qu'on la raconte. Mais elle jette une lumière singulière sur ceux qui se sont érigés en juges et qui veulent imposer leur opinion sur Romy, sur sa vie et sur sa mort. La réalité est la suivante : de Romy, il ne m'est resté que notre fille Sarah, cette bague, et plusieurs millions de dettes.

11

Sénégal

Les préparatifs du film de Zulawski, *L'important c'est d'aimer*, débutèrent dès le mois de janvier 1974, bien que *Le Trio infernal* n'ait pas encore été totalement achevé. Romy prit la chose avec calme. Le travail avec le réalisateur Francis Girod et Michel Piccoli dans *Le Trio infernal* avait exigé d'elle d'énormes efforts physiques et psychiques. Romy avait été poussée aux limites de ses capacités de comédienne. Les scènes dans lesquelles elle devait se satisfaire elle-même devant la caméra alternaient avec celles où elle se rendait complice de meurtres où les victimes étaient plongées dans un bain d'acide chlorhydrique. Le rôle de Philomena Schmidt, une jeune garde d'enfants allemande qui vit à Marseille pendant la Première Guerre mondiale, épouse un avocat et commet avec lui et sa propre sœur une série de crimes, ne lui a pas valu que de la reconnaissance dans sa patrie, où l'on est plutôt bégueule. Même si *Le Trio infernal* passe aujourd'hui dans le monde entier pour un grand classique, Romy a reçu à sa sortie des lettres de menace et d'insultes sans ambiguïté. « Espèce de truie, reste donc où tu es ! », y lisait-on entre autres amabilités. Ces courriers étaient manifestement l'œuvre de dérangés incapables de comprendre qu'une « charmante Sissi » fût en mesure de jouer le rôle d'un monstre aux allures trompeuses et au maquillage trop soutenu. Dans l'une de ses interviews (elle en accordait très rarement, et elles portaient exclusivement sur les questions professionnelles), Romy tenta d'apporter des éclaircissements. « Je ne suis pas Philomena Schmidt, expliqua-t-elle plus tard pendant le doublage, à Berlin. C'est simplement un rôle que je tente de maîtriser avec mes moyens de comédienne. Et je vais ici jusqu'à la limite de mes capacités. » Mais cette justification artistique n'a rien changé.

Pour se remettre et se ressourcer un peu après *Le Trio infernal*, Romy avait loué un chalet discret près de Megève. Elle comptait y lire le scénario de *L'important c'est d'aimer* et préparer son rôle. Entre le début du tournage et son retour à Paris, devait avoir lieu le doublage en Allemagne du *Trio infernal*, dont le montage était terminé. Romy ne laissait jamais personne faire ce travail à sa place. Il lui causait toujours la même joie, et elle réservait chaque fois une semaine pour le mener à bien.

Après son retour de Hambourg, David resta à Paris. Il fallait bien qu'il retourne à l'école. Pour la première fois depuis mon entrée en fonctions dans la maison Schneider, j'avais prévu de prendre d'assez longues vacances. Le Sénégal et ses plages de l'Atlantique m'attiraient. C'était encore un pays touristique en développement, d'une beauté vierge et naturelle, où l'on ne trouvait qu'un seul Club Méditerranée. Je pris donc l'avion pour l'Afrique.

J'avais l'intention de lézarder et de réfléchir. Et j'eus le loisir de méditer tranquillement sur ma situation. Je pris conscience du fait que j'avais perdu ma liberté. Il ne me restait pratiquement plus de vie privée. Sans que je l'aie vraiment remarqué, David et son foyer de la rue Berlioz étaient devenus l'unique centre de mon existence. Moi qui n'avais jamais éprouvé beaucoup d'intérêt pour la planification et les choses bien réglées, j'étais devenu un rouage essentiel dans cette grande machinerie. Et quelles qu'en soient les raisons, il me plaisait beaucoup d'être intégré à l'emploi du temps quotidien d'une petite famille. D'autant plus que David, sauvage et nonchalant comme il ne l'avait encore jamais été, compensait l'absence d'un vrai père en commettant toutes sortes de sottises à la maison et lors des escapades régulières qu'il faisait le week-end chez mes parents. Ceux-ci le traitaient comme un petit-fils et l'entouraient d'un amour attentif. Romy était profondément heureuse de voir David jouer avec moi en toute décontraction. Car s'il ne montrait guère de respect pour sa gouvernante suisse, il trouvait en moi une sorte de référent masculin : il était obligé de lever les yeux pour me voir, mais il pouvait aussi entreprendre avec moi les choses les plus folles. Romy m'était très reconnaissante d'avoir ainsi transformé son enfant bien-aimé, qui avait jeté son masque de solitaire silencieux et introverti pour devenir un petit gars éveillé, parlant un français impeccable.

Tout cela me trottait dans la tête lorsque, au bout de trois jours, j'eus la surprise d'apercevoir une nouvelle touriste qui arrivait par la plage : c'était Romy, qui m'avait rejoint en compagnie de sa costumière. Elle vint à ma rencontre dans le hall de l'hôtel, coiffée d'un bizarre chapeau de paille, et me dit en riant : « Il est grand temps que je me coupe de mes racines alpines et que je profite de ce que j'aime vraiment – le soleil, le sable chaud et la mer. » Comme si c'était la chose la plus naturelle du monde, elle avait quitté son chalet de Megève sur un coup de tête et pris l'avion pour le Sénégal.

J'étais profondément heureux de revoir son

visage rieur et ses yeux rayonnants. Mais cela non plus n'avait rien d'étonnant. Après tout, notre situation avait cessé depuis longtemps d'être un simple rapport d'employeur à employé. Nous étions devenus deux amis, et de plus en plus souvent deux complices. Romy avait initié cette évolution par des petits riens successifs. Un jour, en signe d'estime, rue Bonaparte, elle avait proposé que nous nous tutoyions.

Au cours des journées d'insouciance que nous passâmes ensuite au Sénégal, nous jouâmes un jeu charmant, et même espiègle. Les palmiers se balançaient doucement au vent. La chaleur de l'air et la fraîcheur de l'eau ne créaient pas une atmosphère de travail idéale. Romy gérait son temps d'une manière passablement brouillonne, et la lecture du scénario de son prochain film n'y trouvait pas son compte. Cela ne nuisit d'ailleurs pas au succès de celui-ci, car au bout du compte elle allait emporter avec *L'important c'est d'aimer* son premier César. Mais au cours de cet intermède africain, quand elle étudiait son rôle, il m'arriva plusieurs fois de l'entendre dire entre ses dents : « Et merde, je vais porter tout le film sur mes épaules ! » Des mots quasiment prophétiques, que lui avaient inspirés son professionnalisme et son instinct.

Un soir, nous nous donnâmes rendez-vous sur la terrasse de l'hôtel. C'était une sorte de première. Ce n'était certes pas la première fois que j'étais assis à une table en tête à tête avec

Romy ; mais en règle générale, ce genre de rencontres ne se produisait que dans l'agréable cuisine de la rue Berlioz. J'avais succombé au charme de sa fabuleuse salade de pommes de terre, c'était devenu ma drogue. Parfois, le soir, il m'arrivait de dîner deux fois de suite, juste pour en profiter.

Mais tout cela était ma vie quotidienne à Paris.

Le Sénégal, en revanche, c'était la liberté. Un terrain neutre sur lequel chacun pouvait faire ce qui lui plaisait. Sans la moindre obligation, sans gêneurs, sur fond de sable blanc et de couchers de soleil sublimes, rythmés par le clapotis de la mer.

Romy commanda une bouteille de bordeaux. Je constatai, mais ce n'était pas nouveau, la maîtrise et la décontraction dont elle faisait preuve dans toutes les situations. Même notre sommelier noir en fut impressionné. Il ne songea pas un instant à me faire goûter le vin – c'est madame qui s'en chargea. Elle claqua de la langue avec plaisir et sans beaucoup d'élégance : merci, il est parfait. Il n'y avait aucun doute, le patron, c'était madame. Et elle était de bonne humeur.

Mais le patron, ce soir-là, était surtout curieux : « Daniel, me demanda-t-elle au débotté, d'où tiens-tu donc cette insouciance de mégalomane ? »

J'eus presque l'impression que Romy, une

artiste qui avait beaucoup de monde à ses pieds, était un peu jalouse de moi et de ma manière de vivre, si peu conventionnelle. Il y avait une vague d'amertume dans sa voix lorsqu'elle me parla de son métier : « Une star, ce mot me fait rire... je l'ai rayé de mon vocabulaire.

– Dans ce cas, répondis-je, comment faut-il appeler une artiste hors du commun ?

– Je trouve ce terme stupide et grotesque. C'est une profession comme n'importe quelle autre, qui réclame une certaine dose de talent. Ni plus, ni moins. Et d'ailleurs, s'il y a quelque chose d'extraordinaire en moi, c'est ma phobie du public. »

La grande Romy Schneider, l'actrice tant aimée, aurait été agoraphobe ?

– Oui, répondit-elle, tu peux en rire, en douter, trouver que je fais la coquette, mais je souffre l'enfer.

Romy commanda une deuxième bouteille de bordeaux.

– Bon, reprit-elle, obstinée, maintenant, dis-moi d'où te viennent ta nonchalance, ton insouciance. Pourquoi ne te courbes-tu pas devant les grands noms, pourquoi restes-tu toujours le même, quel que soit le rang de la personne qui te fait face ? Tu as peut-être l'impression que je passe à côté des réalités, mais celle-là ne m'a pas échappé.

Je crois qu'aujourd'hui, je choisirais peut-être mes mots un peu différemment qu'à l'époque.

Mais sur le fond, les choses n'ont pas beaucoup changé. Je répondis donc, en toute sincérité :

– C'est peut-être que ma philosophie de l'existence est toujours centrée sur l'instant présent. Et puis il y a autre chose : le jugement des autres ne m'intéresse pas.

La grande Romy pouvait difficilement en dire autant. C'était ridicule, mais depuis qu'elle avait fui (plus qu'elle ne l'avait quitté) le foyer de son père, puis de son beau-père, les hommes n'avaient cessé de saper la confiance en soi de cette femme talentueuse aussi sensible qu'un sismographe. Romy éprouvait une certaine angoisse à l'idée de ne pas connaître, de ne pas savoir, de se ridiculiser ou d'apparaître comme une oie blanche, ce dont Harry Meyen lui donnait volontiers l'impression. C'est la raison pour laquelle elle s'est si fréquemment sentie attirée par des hommes importants et âgés. Pas sur le plan érotique, je l'ai déjà précisé : c'est leur esprit qui la captivait. C'était vrai pour Willy Brandt, le chancelier allemand, et pour l'écrivain Heinrich Böll. Plus tard, lorsqu'elle a pris confiance en elle, lorsqu'elle a commencé à comprendre ce qu'elle valait vraiment, ces engouements ont perdu de leur force.

Romy était très discrète sur ce point-là, sans doute parce qu'elle avait promis de le faire. Car pour le reste, je ne lui connaissais aucune retenue lorsqu'elle parlait d'une relation passée. Mais lorsqu'elle avait donné sa promesse, elle ne revenait jamais dessus. Un sourire souvent radieux aux lèvres, elle disait de Willy Brandt : « Un être magnifique, un grand esprit, un homme admirable. » Quoi qu'on ait pu écrire par la suite sur les relations de Romy et de l'homme d'État allemand, ce ne sont que fables et supputations. Une seule chose est absolument certaine : Brandt avait entraîné Romy dans son sillage, surtout d'un point de vue politique, et avait ainsi marqué aussi bien sa réflexion que son art.

On déboucha la bouteille suivante. Nous la vidâmes en levant sans arrêt nos verres à la santé de Willy. Le nom de Willy Brandt, je l'appris la nuit même, était chez Romy très étroitement lié à un complexe de culpabilité qui l'a poursuivie toute sa vie. Car elle ressentait la responsabilité collective du peuple allemand à l'égard du peuple juif.

À ce propos, Romy s'efforçait de conserver de bonnes relations avec sa mère. Mais celle-ci ne lui avait jamais répondu complètement sur certains points et ces questions continuaient à la tarauder. « Je lui ai souvent demandé, expliquait Romy, née à Vienne en 1938, par quel hasard nous nous sommes justement installés à la fin des années trente à Schönau, près de Berchtesgaden, même si j'ai passé beaucoup plus de temps chez mes grands-parents maternels. Ses réponses étaient toujours tirées par les cheveux et ne voulaient rien dire. » Elle a peut-être deviné la vérité sans vouloir se l'avouer. Magda Schneider, qui évite elle-même dans ses mémoires de parler de l'histoire de la maison « Mariengrund », était, politiquement, une parfaite ingénue. Et lorsqu'elle parlait à Romy de cet « air du temps » qui les avait attirés à proximité du tristement fameux « quartier du Führer » sur l'Obersalzberg, près de Berchtesgaden, elle ne livrait qu'une fraction de la réalité. En fait, Magda avait une fois de plus succombé à cette manie de la publicité qui la poussait à se trouver, à n'importe quel prix, au centre de la vie publique. Pour cela, tous les moyens étaient bons. Que ce soit en acceptant la proximité géographique avec Hitler ou, bien plus tard, en publiant dans un journal à grand tirage un feuilleton indécent sur la mort de sa fille. Mais je dois l'avouer, j'appréciais Magda. Et Romy ? Elle aimait sa mère, malgré tout. « Elle n'a jamais été animée par des convictions politiques profondes, se répétait-elle sans cesse pour se rassurer. Tout au plus par ce qui la concernait directement. »

Elle décrivait ainsi sa propre position à l'égard de l'Histoire : « Je pense qu'il s'agit d'une sorte de souvenir que j'ai reçu en héritage. Je dois l'assumer comme une personne qui réfléchit et qui prend ses responsabilités. » Tout en prononçant ces mots, ce soir-là, elle sourit et ajouta (en feignant l'inquiétude) : « Mais ne va pas croire, Daniel, que j'ai épousé mon mari à cause

Romy dans notre propriété de Ramatuelle dans le sud de la France : une tendre jardinière (1977).

À la fenêtre de l'appartement parisien, rue Berlioz (1976).

David et sa maman…

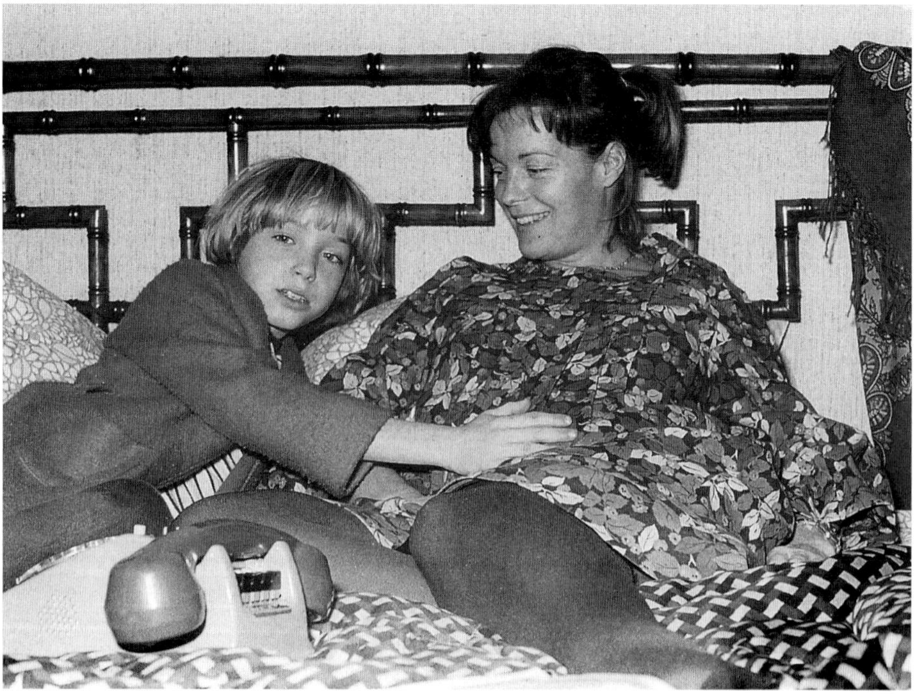

À Paris (1976).

… Romy enceinte (Paris, 1976).

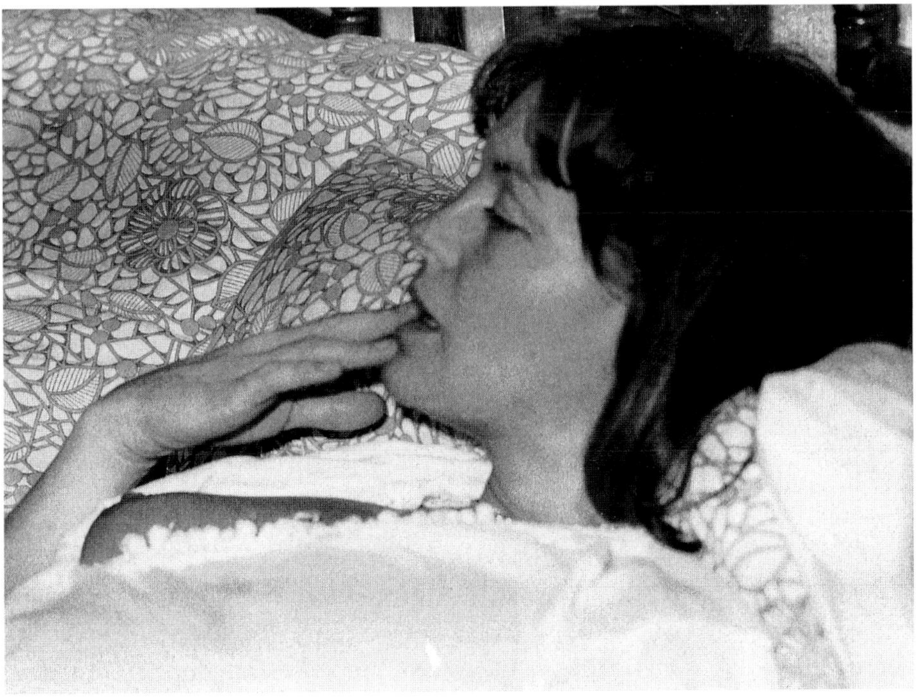

Maintenant nous sommes quatre : Romy, Daniel, David et la petite Sarah (Ramatuelle, 1977).

Des parents fiers de leur fille (Paris, 1977).

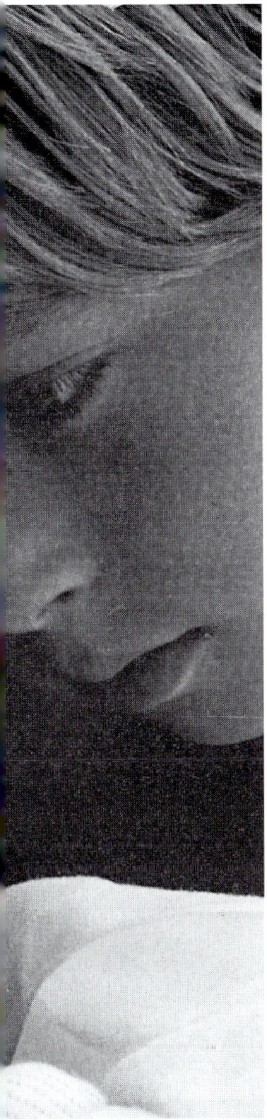

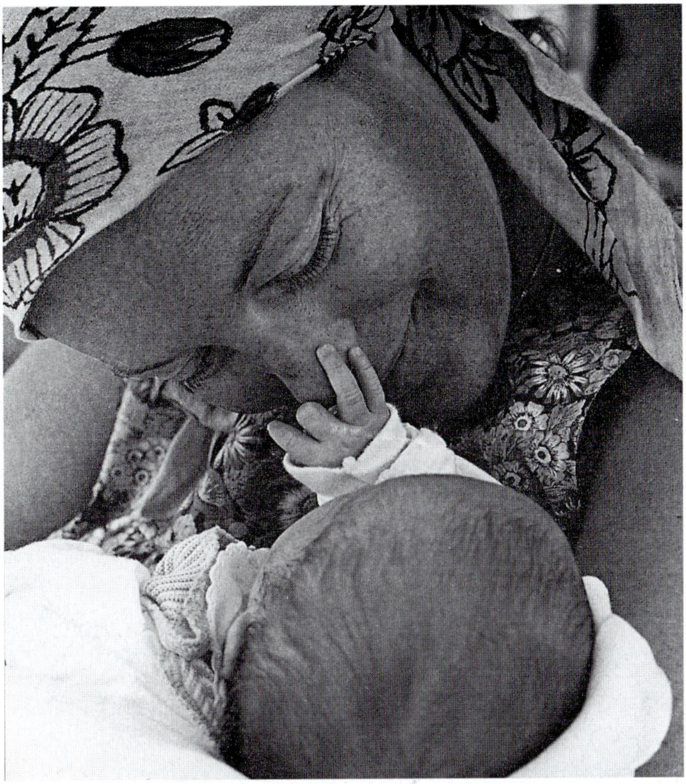

Noël 1977 à Paris.

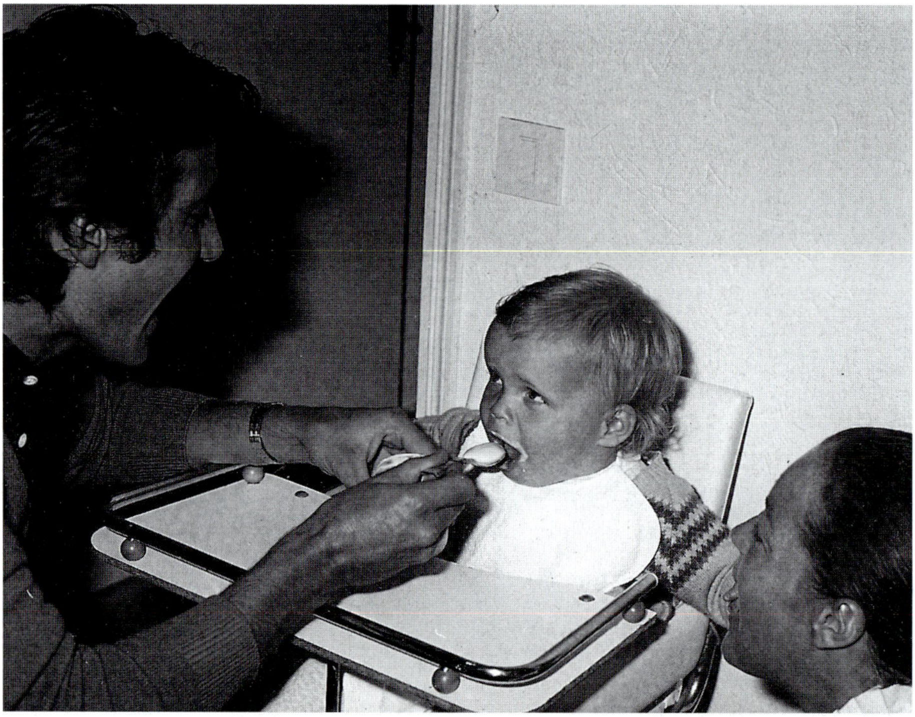

Autour de Sarah
(Ramatuelle, 1978).

David et Sarah
(Ramatuelle, 1978).

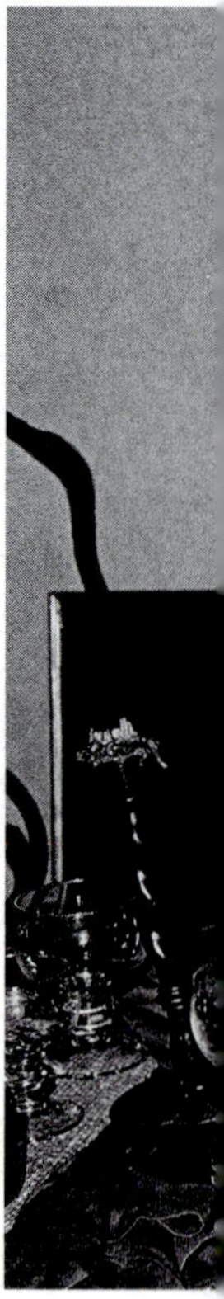

Les onze ans de David fêtés à Ramatuelle en 1978 – officiellement (en haut) et en privé (en bas).

Mère et fils (1978).

d'un vague sentiment de culpabilité. » (Harry Meyen était d'origine juive.)

Son intervention en faveur d'une reconnaissance réciproque d'Israël et de la Palestine n'était pas liée non plus à ses relations tendues avec celui qui était encore son époux. Elle n'alla d'ailleurs pas très loin dans cette voie : en 1972 eut lieu le massacre des jeux Olympiques de Munich. Ce crime atroce commis contre des Juifs, une nouvelle fois sur le sol allemand, l'a empêchée de poursuivre cette action.

Ce soir-là, au Sénégal, je vis ainsi Romy se dévoiler peu à peu. Mais nous n'étions pas encore au bout de la soirée. Minuit était passé depuis longtemps lorsque nous commandâmes la quatrième bouteille de bordeaux. Nous ne faisions plus que tremper nos lèvres dans nos verres. Je ne sentais presque plus le vin. J'étais fasciné par Romy, par ses récits et ses interrogations qui me plongeaient parfois dans une certaine perplexité.

– Que penses-tu de moi, Daniel ? demanda-t-elle de but en blanc. Qu'est-ce que tu penses, par exemple, lorsque je t'appelle le matin pour que tu passes me prendre à une adresse inconnue ? Lorsque je me change en vitesse dans la voiture ou au café ?

Pour être honnête, je ne m'étais pas préparé à ce genre d'interrogatoire. Ce n'était pas plus mal. Car Romy avait un instinct infaillible pour repérer les mensonges et les flatteries.

– Je n'y vois aucun inconvénient, répondis-je donc spontanément, tu es une personnalité autonome, extraordinairement forte, qui ne laisse personne lui dicter ce qu'elle doit faire. Ce qui m'impressionne, c'est ta manière de tenir la barre et de t'occuper des gens dont tu te sens responsable.

Romy sourit, ma réponse lui avait plu. Elle lui avait même beaucoup plu. C'est peut-être aussi parce que pour la première fois de sa vie, après un an et demi à Paris, on lui disait qu'elle tenait sur ses jambes et qu'elle était suffisamment forte, même si elle était toute seule, dans son rôle de mère, de star et d'être humain. Je ne me permis cependant aucun jugement sur la séduction qu'elle exerçait.

Mais Romy avait allumé l'étincelle. Ce soir-là, nous ne nous étions même pas touché la main. Je brûlais pourtant pour elle, désormais, au plus profond de moi-même.

12

Le premier baiser

Lorsque nous fûmes revenus du Sénégal, tout reprit son cours habituel. Romy se consacra à son métier. David allait à l'école, heureux de constater que son foyer tournait rond. Les affaires marchaient et j'avais du travail à ne plus savoir qu'en faire : le courrier qui s'accumulait, les préparatifs de production et de voyages pour Romy, qui faisait des allers-retours entre Paris, Hambourg et Berlin. Tout se passait comme si nos dix journées insouciantes et nos longues conversations en Afrique n'avaient jamais eu lieu.

Cela tenait peut-être au fait que Romy s'était plongée avec une incroyable intensité dans le rôle de Nadine. On aurait dit qu'elle cherchait à retrouver un objet perdu. Avant même qu'elle reçoive pour *L'important c'est d'aimer* la plus haute distinction du cinéma européen, elle avait déclaré publiquement que c'était l'une de ses interprétations favorites. Romy, que l'on ne peut vraiment pas accuser d'avoir eu une trop haute opinion d'elle-même, ne voulut partager avec personne le succès de ce film. Ce fut du reste un succès tardif, car la critique avait accueilli *L'important c'est d'aimer* avec beaucoup de réserve. Sur le plateau, je l'ai souvent vue épancher sa colère en griffonnant l'un de ses petits bouts de papier : « Maudit film ! Maudit tournage ! Maudit rôle ! Maudit Zulawski ! »

Le « maudit Zulawski » profita de l'occasion pour se mettre au premier plan. Il eut l'impudence de porter un jugement public sur Romy : « C'est une personne qui n'a aucun talent pour mener une vie privée bien réglée, expliqua-t-il. Tout son talent se concentre sur l'écran. Et puis elle n'est pas particulièrement cultivée. Elle n'aime pas la musique classique, elle ne lit pas la grande littérature. » Des hommes de la trempe de Luchino Visconti, Joseph Losey, Orson Welles, Willy Brandt ou Herbert von Karajan avaient manifestement une tout autre opinion sur la question, et avaient découvert en Romy des capacités intellectuelles considérables. Zulawski n'a sans doute pas perçu ce que Romy, elle, redoutait avant même le début du tournage de *L'important c'est d'aimer* : tout le poids de ce film reposait effectivement sur ses épaules. À cela s'ajoutèrent toutes sortes d'ennuis avec Klaus Kinski, un acteur auquel on ne pouvait guère se fier, et avec Fabio Testi, qui était totalement dépassé.

C'est dire que les difficultés rencontrées n'avaient strictement rien à voir avec ce qu'a dit et écrit Andrzej Zulawski. Quelque chose d'extraordinaire se produisit en effet sur le plateau. *L'important c'est d'aimer* accapara Romy bien plus qu'aucun autre des films qu'elle interpréta dans les années soixante-dix. Chaque soir, après sa journée de travail, elle rentrait épuisée et brisée dans l'appartement de la rue Berlioz. Romy avait d'ordinaire une faculté qui m'impressionnait énormément : elle était toujours capable de laisser son personnage au vestiaire, de l'accrocher à un cintre comme un vulgaire costume. Ce ne fut pas le cas pour le rôle de Nadine. Zulawski était un réalisateur extrêmement exigeant, qui demandait le maximum à ses acteurs et créait sur le plateau une tension permanente. Le côté ténébreux de ce film était constamment perceptible sur les lieux du tournage. Cette atmosphère marqua Romy. Au fur et à mesure que les scènes étaient mises en boîte, je vis s'ajouter à la charge psychique considérable qui pesait sur elle une grande fatigue physique qui s'acheva par un profond épuisement. Même la nuit, son rôle ne l'abandonnait pas et l'empêchait de dormir. Or le sommeil lui était absolument indispensable si elle voulait répondre aux exigences artistiques de Zulawski.

Dans *L'important c'est d'aimer*, Romy campe une actrice sans succès qui accepte n'importe quel emploi mais ne parvient pourtant à avancer ni dans le cinéma, ni dans la réalité. L'œuvre, inspirée d'un roman de Christopher Frank, aurait dû, à l'origine, être intitulée *La Nuit américaine*. Mais il fallut trouver autre chose, François Truffaut l'avait déjà utilisé. Zulawski et Romy détestaient le titre choisi en remplacement. « Ça ne sera pas facile de tenir le rôle comme il faut, disait Romy avant même le tournage. Mais, au fond, ajoutait-elle pour se donner du courage, j'aime la difficulté. Un jour, on me reprochera peut-être d'avoir trop tourné. La seule chose dont on ne pourra m'accuser, c'est d'avoir cherché à me faciliter l'existence. »

Dans ce cas pourtant, elle se l'était vraiment trop compliquée. Un matin, le téléphone sonna dans ma garçonnière de la rue Jean-Goujon. C'était Romy, en larmes. Elle me dit d'une voix entrecoupée de sanglots, totalement désespérée : « Daniel, je ne sais plus quoi faire. Je crois que je ne vais pas pouvoir continuer avec Zulawski. Je n'ai plus de forces. Absolument plus de forces. »

J'ai commencé par appeler le médecin de Romy, le Dr Jean-Pierre Segal, et je me suis précipité rue Berlioz. Romy était toujours couchée sur le lit et sanglotait, le visage creusé par une nuit blanche passée à pleurer. Lorsque le Dr Segal arriva, elle se calma rapidement. Mais à peine le médecin avait-il commencé son examen qu'elle s'inventait déjà deux soucis supplémentaires – c'était tout Romy. Elle craignait d'abord que David ne la voie dans cet état, et elle redoutait ensuite de ne pouvoir tenir ses engagements envers Albina du Boisrouvray, la productrice de *L'important c'est d'aimer*.

Je lui pris la main et la tranquillisai : « La seule chose importante, c'est que tu recouvres la santé. Ne te fais pas de souci pour David. Je m'en occupe. »

Je passai à la cuisine, où la gouvernante lui servait le petit déjeuner. Je pris le garçon dans mes bras et lui expliquai que sa mère n'avait aucun problème, qu'elle était seulement extrêmement fatiguée par tout son travail. Au cours des journées qui suivirent, les hamburgers, les milk-shakes, les séances de cinéma et les excursions dans divers parcs d'attractions furent plus fréquents que ses séjours à l'école. David avait profité de l'occasion pour expliquer à sa jeune gouvernante que, en l'absence de sa mère, j'étais le seul maître à bord.

Immédiatement après l'examen, le Dr Segal avait réservé une chambre discrète à l'Hôpital américain. « Il n'y a rien de dramatique, avait expliqué le médecin, mais je préférerais que Romy passe quelque temps là-bas pour retrouver toutes ses forces. » Je la portai dans mes bras, emmitouflée dans une couverture et la tête coiffée d'une casquette, jusque dans ma voiture. Elle avait manifestement des problèmes de circulation sanguine : ses jambes ne cessaient de lui faire faux bond. Je la conduisis à l'hôpital, et elle y passa quelques journées sans que personne n'en sache rien.

Elle se rétablit plus rapidement que ne l'avait supposé le Dr Segal. Cela tenait certainement au fait que tous les résultats d'examen parlaient juste d'un « état d'épuisement physique général » qui n'avait été déclenché ni par une pathologie aiguë, ni par des médicaments.

Son retour sur le plateau de *L'important c'est d'aimer* fut un petit triomphe. Les techniciens des studios saluèrent son retour en l'applaudissant debout. Zulawski, lui aussi, était devenu méconnaissable et fit tout pour ménager Romy. Albina, la productrice qui avait causé de tels soucis à Romy pendant cette brève dépression, brida elle aussi son tempérament. Le coût total de ce film se chiffrait en millions de francs, et la tension qu'elle avait à supporter lui avait parfois fait perdre son calme. Elle fit désormais en sorte que l'on réserve à Romy Schneider des égards particuliers.

Cet épisode a joué un rôle décisif dans mes relations avec Romy. J'avais quitté le rôle de bon ami pour prendre celui de personne de confiance absolue. Et j'avais découvert que je commençais à m'inquiéter pour Romy. Au moment où je l'avais vue s'effondrer, j'avais vraiment eu peur pour elle. Mais même à cette époque, il n'était pas encore question d'amour. D'autant qu'il y avait un homme dans la vie de Romy. On l'ignora longtemps, mais son époux sur le plateau de *L'important c'est d'aimer* – Jacques Dutronc – avait pris une grande place dans son existence.

Le public avait eu la surprise de constater que Dutronc était un vrai bon acteur. Dès le début, Romy s'était occupée de lui, elle l'avait encouragé et aidé à surmonter son trac comme elle l'avait déjà fait plusieurs fois avec de jeunes comédiens ou comédiennes inexpérimentés. Des années après avoir tourné *La Piscine* avec Romy, Jane Birkin, par exemple, parlait encore avec enthousiasme de l'altruisme fabuleux de sa consœur Romy Schneider. Et Dutronc, dans une interview qui précéda la première controversée de *L'important c'est d'aimer*, chanta un hymne à la gloire de sa grande partenaire : « Avec Romy Schneider, on est forcé d'aller au fond des choses. C'est magnifique, avec une actrice comme elle, on ne peut pas tricher. Elle rayonne tellement qu'elle est capable d'éclipser un acteur qui tourne avec elle. Il faut se surpasser. C'est elle qui m'a forcé à réaliser ce qui constitue jusqu'ici ma meilleure performance d'acteur. »

Plus singulière encore fut cette appréciation de Zulawski. « Je crois, a-t-il dit, que Romy

Schneider est un être véritablement heureux. Curieusement, on oublie souvent de le mentionner. » Cela n'a rien de curieux : la grande tragédie continue à mieux se vendre que la comédie légère. L'étonnant, c'est que cet éminent réalisateur ne l'ait pas su.

Je n'ai pas l'intention de corriger, à titre personnel, l'image que chacun de ceux qui ont rencontré Romy a pu se faire d'elle. Il était impossible de voir Romy comme un personnage d'une seule pièce. Elle avait trop de facettes différentes, qui se révélaient au gré de ses humeurs ou de ses centres d'intérêt. Elle avait en particulier le talent d'utiliser son charme pour manipuler les autres. Et si Romy avait choisi quelqu'un sur ce plateau où elle avait joué avec une rare conscience d'elle-même et une véritable volonté de se battre, ce fut bien Jacques Dutronc. Ses choix, en la matière, se faisaient toujours selon des critères que l'on avait bien du mal à comprendre. Je crus en ce temps-là qu'il fallait, pour être élu, avoir une certaine aura. Sans cela, rien n'allait avec Romy. Surtout pour ceux qui la prenaient pour une femme légère. D'aucuns croyaient en effet discerner dans ses fréquents changements de partenaire un goût pour la frivolité. Ils ne réalisaient pas que cela tenait tout simplement de ce qu'elle recherchait avec ardeur : une combinaison de force, d'érotisme, de sécurité et de tendresse. Je ne l'ai compris que plus tard : sur ce plan, elle a toujours été en quête. Et dans cette quête elle était prête à tout donner, mais elle exigeait autant de son vis-à-vis.

Marco Ferreri, le fameux réalisateur italien de *La Grande Bouffe*, en fit l'expérience au début de cette année-là. Il prit rendez-vous avec Romy pour évoquer avec elle un projet de long métrage. Mais à part son partenaire – il cita Gérard Depardieu – et le titre du film *La Dernière Femme*, il n'avait pas grand-chose à proposer. Pendant le dîner, il tenta de la convaincre que l'absence de scénario ne posait aucun problème. Romy, lors de cette soirée à l'Orangerie, fut beaucoup plus abasourdie par les tentatives d'approches balourdes de Ferreri que par ses arguments cinématographiques. Il avait eu la main aussi baladeuse qu'un client de bistrot portuaire.

Romy n'avait pas fait d'éclat au cours de ce dîner. Elle lui avait seulement tapé sur les doigts, indignée, et lui avait conseillé de se trouver une autre actrice. Pour autant qu'il tînt vraiment à tourner ce film, ce dont elle doutait un peu après cette expérience. L'étonnant est qu'un film est effectivement sorti sous ce titre.

J'entends dire aujourd'hui que 1974 a été pour Romy une année grandiose sur le plan professionnel, mais vide dans le domaine privé. Parfois, j'ai l'impression qu'un auteur de romans à scandales est allé puiser dans la biographie d'autres stars pour agrémenter celle de Romy.

Professionnellement, l'année 1974 lui avait en fait causé beaucoup de problèmes. Il y avait eu le désarroi provoqué par le réalisateur Claude Chabrol lors du tournage des *Innocents aux mains sales*, il y avait eu les efforts épuisants qu'elle avait dû fournir dans *L'important c'est d'aimer*, et pour finir le terrible malentendu avec un public qui avait confondu son rôle dans *Le Trio infernal* et la véritable personnalité de Romy Schneider. Pour des millions de spectateurs, Romy *était* Sissi : elle avait le droit d'être gracieuse comme une princesse de conte de fées, mais pas d'apparaître sous les traits d'un monstre froid comme Philomena Schmidt.

Dans sa vie privée, en revanche, elle n'avait pas manifesté le moindre signe de déplaisir pendant toute cette année. Au contraire, elle se sentait forte et heureuse : heureuse dans son rôle de mère, et forte dans sa vie de femme qui pouvait faire tout ce qu'il lui plaisait.

Lorsque l'été arriva, elle utilisa cette force pour former de nouveaux projets. Son flirt avec Dutronc était terminé, et David était parti chez son père à Hambourg, comme convenu. Pour la première partie de ses vacances, Romy loua à Saint-Tropez une maison qui appartenait à Félix, un ami. Elle comptait s'y détendre jusqu'au début du mois d'août, puis poursuivre sa route vers la Grèce. David la rejoindrait directement à Athènes. Dès le mois de juin, elle m'avait donné son numéro de téléphone à Saint-Tropez. Lorsqu'elle apprit que je me rendrais de toute façon dans le sud de la France, elle me dit en souriant : « Je compte sur toi pour m'appeler dès que tu seras arrivé, Daniel. »

À mon grand plaisir, mes parents me prêtèrent la *Danycha*, un yacht à moteur d'environ trente pieds.

De mauvaises langues affirmèrent plus tard que Romy m'avait acheté ce bateau. La *Danycha*, dont il exista au total quatre versions, a toujours appartenu à mes parents. Ce nom était d'ailleurs composé à partir du prénom de leurs deux enfants – Daniel et Charles.

Des années plus tard, et une seule fois, pour notre dernier bateau, Romy a tenu à payer un tiers du prix d'achat. Elle avait considéré cela comme une obligation parce que nous y étions le plus souvent tous les deux, et parce que nous y invitions parfois la famille de Romy – ce fut le cas de son frère Wolf Dieter, qui vint passer des vacances maritimes sur le yacht, avec son épouse.

Mais il n'était pas encore question de cela lorsque je mis la *Danycha* à l'eau aux îles du Levant, dans le port de Porquerolles. Quelques jours plus tard – j'avais amarré le bateau aux Marines de Cogolin –, j'appelai Romy. Nous prîmes rendez-vous pour dîner à l'auberge du Vieux Moulin qui appartenait à mon amie Picolette. Nous nous retrouverions à l'Escale.

Romy était déjà là lorsque j'entrai dans le bar. Elle était en grande conversation avec Félix, son logeur. J'eus l'occasion de l'observer quelques instants sans qu'elle le sache, un drink à la main, un foulard sur la tête. Sans maquillage, son visage couvert de taches de rousseur était devenu brun foncé en l'espace de dix jours seulement. On n'y lisait plus la moindre trace de stress, toutes les fatigues des derniers mois paraissaient avoir été balayées par le vent. Et son regard resplendissait plus que jamais.

Une joie extraordinaire s'empara de nous lorsque nous nous revîmes. Au beau milieu du restaurant, nous tombâmes dans les bras l'un de l'autre et il nous fallut quelques instants pour remarquer que tout le monde, autour de nous, nous regardait avec curiosité. Nous quittâmes rapidement les lieux pour nous rendre chez Picolette.

Picolette était un pilier de Saint-Tropez. Elle avait le visage d'une catcheuse. Les cheveux coupés court, un peu à la diable, elle portait en signe de sa dignité de cuisinière, dans son agréable restaurant provincial, une serviette blanche nouée autour du cou. Picolette avait quantité d'amis masculins, mais c'est aux femmes, semble-t-il, qu'elle avait voué son cœur. Après une séance de salutations tempétueuse avec Romy et moi-même, elle se retira provisoirement derrière ses fourneaux pour nous préparer un repas gastronomique.

Romy et moi nous étions installés dans un coin de la salle. Elle me demanda comment je me sentais en « loup de mer ». Je lui racontai mes parties de pêche et l'indescriptible désordre qui régnait sur le bateau, j'oubliai volontairement les descriptions des baies solitaires et du ciel étoilé, trop kitsch à mon goût.

Ce fut ensuite au tour de Romy. Elle me narra ses escapades avec Brigitte Bardot, qui lui avait ouvert ses portes, sa piscine et la « baie des Canoubiers » pour se baigner. Elle ne tarissait pas d'éloges sur BB, cette femme résolue et pleine d'esprit. Une anecdote lui revint tout à coup en mémoire alors que Picolette venait de servir les entrées. Il fallut plusieurs minutes à Romy pour s'arrêter de rire. Elle en avait les larmes aux yeux. Lorsqu'elle se fut un peu calmée, elle commença à raconter son histoire, entrecoupée de gloussements incessants. Brigitte l'avait invitée à déjeuner. Il n'y avait que des femmes. Suzanne, une intime de La Madrague, était arrivée en dernier, portant une caisse de langoustes fraîches qu'elle venait d'acheter au marché. La jeune femme déposa fièrement la caisse de crustacés sur la robuste table de cuisine.

– Mais, Suzanne ! singea Romy en prenant le

ton énergique de Brigitte, qu'est-ce que c'est que ça ?

L'amie, rougissant de plaisir, répondit d'une voix angélique :

– C'est notre déjeuner, chérie !

Sans dire un mot, Brigitte Bardot prit la caisse sous le bras et descendit au pas de charge le sentier qui mène de sa villa à la mer.

« Suzanne, racontait Romy, toujours hilare, faisait des gestes désemparés aux autres convives, pour qu'elles lui expliquent ce qui était en train de se passer : où allait-elle ? Que faisait-elle ? »

Finalement, toutes les dames (il y en avait six au total) partirent à la poursuite de Bardot pour assister à la suite des événements.

Parvenues au bout du sentier, elles aperçurent une Brigitte furibonde qui rejetait à la mer les dernières langoustes de la caisse – il y en avait une douzaine. « Chez moi, criait-elle, furieuse, on ne sert pas ce genre de choses. Mettez-vous ça dans le crâne. »

Romy était pliée en deux à force de rire. Elle se retenait à mon bras des deux mains quand elle eut fini de raconter. Et elle le serrait encore lorsqu'elle eut retrouvé son calme. Alors nos regards se croisèrent. Elle me sourit, retira lentement ses mains, prit un verre de vin et le leva vers moi en disant :

– À notre santé, Daniel !

Après le repas, Picolette nous rejoignit. C'est

elle qui nous proposa de passer ailleurs la fin de la soirée. Nous nous rendîmes au Yeti, Romy n'ayant pas vraiment envie d'aller en discothèque. « Je n'ai rien contre les boîtes, mais je m'y ennuie, expliquait-elle, elles sont toujours pleines à craquer et l'on ne peut pas y prononcer trois mots d'affilée. »

Le Yeti était un lieu splendide. Il offrait toutes les possibilités d'y rencontrer une gentille fille (elles y étaient clairement majoritaires), mais aussi, tout simplement, de bavarder, de s'amuser et de savourer un bon verre. Romy et moi avions déjà consommé une assez grande quantité de bordeaux lorsque Picolette, qui regardait sa montre toutes les cinq minutes, se détendit d'un seul coup : une amie brésilienne venait de faire son entrée dans la salle. Vers 3 heures, les deux femmes prétextèrent une soudaine lassitude pour nous abandonner.

Il était un peu plus de 5 heures lorsque Romy et moi vidâmes notre dernier verre et décidâmes de rentrer chacun chez soi. Tandis que nous flânions dans Saint-Tropez, qui s'éveillait lentement, une idée me traversa.

– Cela te plairait-il, demandai-je spontanément à Romy, d'aller voir le lever du soleil sur la mer, devant Camarat ?

On ne fait pas deux fois ce genre de proposition à Romy. Nous courûmes vers le port comme deux enfants. La *Danycha* était ancrée tout près de là, serrée contre d'autres bateaux.

Je me rappelle encore fort bien les jurons de quelques marins lorsque je fis prudemment sortir notre embarcation avec son moteur pétaradant. Nous avions une mer d'huile et un horizon limpide lorsque je mis pleins gaz et cap à l'est. Un bref regard vers Romy – elle était assise à la poupe, un sourire bienheureux aux lèvres, perdue dans ses pensées.

Je tenais bon le cap et la vitesse. D'un seul coup, j'entendis un bruit inattendu, à la fois sourd et grave. Je pensai d'abord à un problème de moteur, à la rupture d'une pale, et je ralentis un peu. Mais le moteur fonctionnait à merveille, et je crus un instant que j'avais simplement rêvé ce bruit étrange. Je voulais me trouver à un point bien précis de la côte aux premiers rayons du soleil, pour que Romy profite de cette vision magnifique. Romy, au fait... où était-elle passée ? Je me retournai : la place où elle se trouvait un instant plus tôt était vide. Le pont ne mesurait que deux mètres sur trois, mais on n'y voyait plus trace de ma passagère. Un frisson glacé me parcourut le dos. Je coupai le moteur et regardai sous le pont, dans la cabine – rien. La panique s'empara de moi. Nous avions bien fait deux kilomètres vers la pleine mer. Je pris les jumelles et scrutai, en vain, la surface de l'eau. Je démarrai le moteur et fis demi-tour en décrivant une grande boucle, puis mis le cap vers Saint-Tropez.

J'aperçus soudain un petit point noir sur

les flots. Je me dirigeai vers lui. C'était bien cela : c'était Romy, qui s'agitait dans l'eau plus qu'elle n'y nageait. Mais il n'y avait pas en elle la moindre trace d'excitation ou de panique. C'était un spectacle étrange, elle se mit même à rire en me voyant arriver. Et je compris tout d'un coup l'origine de ce bruit bizarre.

Lorsque je fus à sa hauteur, je fis descendre une échelle depuis la rambarde, et je lui lançai une corde.

– Mais comment as-tu pu tomber du bateau, Romy ?

Elle tenait la corde, toujours dans l'eau, et me répondit, étonnée :

– Je ne suis pas tombée, mon cher Daniel. Je me suis laissée glisser. J'ai eu subitement l'envie de me baigner, et j'y ai cédé.

La moutarde me monta au nez :

– Non mais, tu t'imagines ? Qu'est-ce qui se serait passé si je n'avais pas fait attention, si je ne t'avais pas retrouvée ? Tu te serais misérablement noyée, et j'aurais eu de sacrés problèmes pour expliquer pourquoi je t'avais laissée au beau milieu de la mer. Bon sang de merde !

Des images de cauchemar me traversèrent soudain l'esprit : une jambe déchiquetée par l'hélice, une colonne vertébrale brisée par cette chute à pleine vitesse. Pour l'intimider, je fis moi-même quelque chose de fou. Je plongeai tout habillé, et rejoignis Romy dans l'eau.

Le saut dans l'eau froide du matin tempéra

ma colère. Je nageai vers Romy et demandai seulement :

– Tout va vraiment bien ?

Elle s'approcha de moi tout doucement, s'accrocha à mes épaules, me serra dans ses bras et m'embrassa. Et à chaque baiser, elle répétait tendrement, à voix basse :

– Tout va bien. Oui, maintenant tout va bien.

13

Des parents illustres

Je garai ma voiture devant la maison que Romy avait louée. C'était certes assez spectaculaire, mais à Saint-Tropez, en cette chaude journée de juillet, personne ne s'en soucia. Sauf bien sûr Félix, le propriétaire des lieux qui, dès le lendemain de notre escapade nautique, n'avait pas manqué de s'étonner :

– Hier soir encore, avoua-t-il, j'aurais juré qu'il n'y avait rien entre vous deux. Je dois admettre que vous êtes deux cachottiers.

Féfé, comme on avait coutume de l'appeler, n'était apparemment pas plus impressionné que les autres par ma voiture. Je ne m'en trouvai nullement vexé. Car après tout, j'étais amateur de Porsche et c'est pourquoi je m'étais offert cette Targa 911 E. Il est vrai qu'elle entrait plutôt dans la catégorie des « illusions d'optique » : dix ans d'âge, acquise d'occasion pour la somme de quinze mille francs. Mon père, à qui j'avais fièrement présenté l'engin, avait esquissé un demi-sourire, avant d'ajouter qu'il s'agissait plutôt d'une bonne occasion pour le vendeur. Ce véhicule ne valait même pas dix mille francs... Mais j'étais jeune et convaincu d'en savoir plus que lui sur ce sujet. Plus tard, lorsque ma liaison avec Romy fut connue, certains firent courir le bruit qu'elle m'avait offert cette voiture. Pure invention, comme d'ailleurs toutes les histoires concernant les automobiles de luxe qu'elle m'aurait offertes. Que ce soit la Bentley marron ou la Range Rover, j'ai acheté chacun de ces véhicules moi-même ou en commun avec Romy – comme il est d'usage dans les couples – puis je les ai revendus, et aucun n'avait coûté beaucoup plus de quarante mille francs.

Au cours de ces dix jours, la Porsche ne changea pratiquement pas de place. Nos journées étaient empreintes d'une douce oisiveté teintée d'une certaine routine, ce qui renforçait encore notre passion. J'achetais le petit déjeuner et préparais le bateau. Puis nous passions la journée en mer, seuls entre le ciel et l'océan, amoureux comme deux adolescents. La faim nous surprenait rarement, malgré un régime exclusivement constitué d'oursins, d'huile d'olive et de rosé glacé.

Le soir, nous dînions chez Picolette. C'étaient les seuls moments où nous apparaissions en public. Le reste du temps, nous nous suffisions amplement.

Durant ces quelques jours, j'eus la chance de recueillir un récit sans doute inédit, du moins dans cette version-là : Romy me raconta sa vie. Toute sa vie. Une incroyable histoire qui, dès le berceau, fut liée au monde du cinéma, un monde à la fois fascinant et maudit, un monde de paillettes aussi idyllique qu'impitoyable.

Quelque chose m'étonnait dans cette histoire. Si les parents de la petite Rosemarie Albach – née à Vienne le 23 septembre 1938, rappelons-le – ne furent pas ce que l'on pourrait appeler un modèle de dévouement pour leurs enfants, Romy leur portait malgré tout une grande affection. Le plus remarquable était l'amour qu'elle vouait à son père, pourtant perpétuellement absent. Romy l'idolâtrait, tout simplement.

Wolf Albach-Retty et Magda Schneider passaient leur vie sur les plateaux de tournage. Romy vécut donc l'essentiel de son enfance auprès de ses grands-parents maternels à Schönau, près de Berchtesgaden. Maria et Franz-Xaver Schneider élevèrent leur petite-fille jusqu'à sa dixième année dans la maison de Mariengrund.

Ils avaient acquis cette maison en 1936. Les travaux furent achevés un an plus tard. Magda

Schneider confia par la suite « qu'il avait certainement été difficile à ses parents de quitter Augsbourg pour venir s'installer à Berchtesgaden. Malgré tout, cette installation fut définitive. Ils ont accepté de renoncer à leurs projets personnels pour le bien de leur petite-fille, afin de pouvoir apporter toute leur affection à l'enfant dont je leur avais confié la garde ». C'est ainsi que Rosemarie Albach grandit dans les Alpes bavaroises.

Lorsque Romy – qui, je crois, avait conservé un bel accent autrichien – rendait visite à sa mère, à Vienne, celle-ci l'emmenait aussitôt sur différents lieux de tournage. Rien d'étonnant donc à ce que cette jeune fille d'à peine quatorze ans se retrouvât déjà devant les caméras.

Ainsi débuta pour Romy une vie pleine de prestige et de séduction, perpétuellement tiraillée entre plateaux et interviews. Or, pas un instant, Romy ne douta que cette vie fût réellement faite pour elle. Aujourd'hui encore, je n'oserais dire si cette carrière fut providentielle ou la cause de son malheur.

Ce qui est certain, c'est que Magda – malgré tout l'amour qu'elle portait à son enfant et la réciprocité des sentiments de Romy – fit très tôt de sa fille un personnage médiatique, n'hésitant pas au besoin à ameuter journalistes et éditeurs. La boîte de Pandore était désormais ouverte... Les archives regorgent de tels entretiens. Ainsi, à la mort de Romy, Magda publia dans le principal quotidien allemand ses « adieux » officiels à sa fille. Magda faisait tout simplement partie d'une autre époque et il ne faut voir dans son attitude envers Romy – et ce, depuis le berceau – aucune malveillance.

Hans Dichand, le magnat des médias viennois d'après guerre, raconte à ce propos une anecdote tout à fait édifiante. « Un jour, je rencontrai par hasard Romy Schneider dans la rue Mariahilfer, à Vienne, devant le grand magasin Stafa », se souvient l'éditeur du journal viennois *Kronenzeitung*. « À l'époque, c'était encore une petite fille. Elle devait avoir huit ans. Romy se tenait dans la rue et distribuait des tracts annonçant l'une de ces soirées de variétés dont les Viennois étaient si friands au sortir de la guerre. C'est ainsi que les acteurs parvenaient à survivre. Même les plus célèbres, car l'industrie cinématographique n'était alors pas très florissante. Les passants étaient enthousiasmés par le charme de la petite fille et je les entendais chuchoter : "C'est la fille de Magda Schneider et de Wolf Albach-Retty." Tous deux jouissaient encore d'une belle renommée. Je pris un tract et constatai que Magda Schneider occupait effectivement la tête d'affiche, avec son nom en gros caractères. »

Plus encore qu'avec ses grands-parents, Romy passait le plus clair de ses journées en compagnie d'Hedwig, sa gouvernante, qu'elle appelait Deda, ce qui signifiait « sœur » dans son allemand encore approximatif. Deda était la personne qui, de loin, consacrait le plus de temps à Romy. Elle avait par ailleurs la délicate mission de rendre compte à Magda des moindres progrès de sa fille. La première station assise ou à genoux, la première dent, tout fut consigné d'une belle écriture fine. C'est pourquoi Romy connaissait les détails de son enfance au jour le jour. Elle savait par exemple qu'elle avait marché pour la première fois le 4 juillet 1939.

De sa naissance à l'âge de dix ans, Romy grandit comme une campagnarde. Lorsqu'il arrivait – trop rarement – que M. Albach-Retty vînt à Mariengrund rendre visite à sa fille, le visage de Romy s'illuminait aussitôt de joie. Bientôt, un grand tumulte emplissait la maison, véritable charivari n'épargnant rien, ni les objets usuels, ni le mobilier, ni même la garde-robe d'été de Magda. Et Deda consignait soigneusement les effets de ce bonheur dévastateur. Romy était, du moins dans ses propres souvenirs, une petite fille comme les autres. Elle aimait par-dessus tout jouer avec des poupées et préférait la compagnie des enfants de son âge. Mais le hasard voulut qu'à Mariengrund, le voisinage fût essentiellement constitué de garçons. Dès lors, il ne lui resta d'autre solution que de s'adapter à cet environnement rustique, ce qui lui valut de développer une force de caractère peu commune aux autres filles. Force de caractère qu'elle déployait d'ailleurs volontiers envers son frère Wolf Dieter – Wolfi – de quatre ans son cadet. Wolfi apprit par la suite à se protéger de la tyrannie de Romy, mais pour lors celle-ci ne connaissait pas de limite.

Dans le souvenir de Magda, Romy et Wolfi étaient capables de se disputer bec et ongles puis, l'instant d'après, de redevenir les meilleurs amis du monde. Leur enfance à Berchtesgaden, ils la passèrent en quelque sorte à s'arracher les cheveux, au sens propre du terme, avant de nouer une relation fraternelle véritablement solide. Mais parfois, il semblait que Romy cédait de nouveau à la nostalgie de cette tyrannie.

Je ne suis pas près d'oublier une certaine aventure qui, à l'automne 1975, nous valut les gros titres des journaux allemands. Bien entendu, je devins le bouc émissaire de cette histoire à sensation et me retrouvai peint sous un angle peu flatteur et pas totalement justifié : Daniel Biasini, le compagnon de Romy Schneider, surpris lors d'une escapade amoureuse à Salzbourg – tels furent, à peu près, les gros titres de l'époque.

Tout cela est archiconnu.

Je tiens à raconter ici la véritable version des faits. Car cette histoire montre de façon édifiante que Romy était encore capable, bien des années plus tard, d'avoir des réactions assez vives envers son frère. Sans que cela parvienne jamais à détruire les liens d'affection profonde qui les unissaient l'un à l'autre.

Nous étions donc venus rendre visite à Magda. Wolfi et sa femme se trouvaient également à Schönau. Un soir, Wolfi proposa une virée jusqu'à Salzbourg dans ma voiture, suivie d'une « soirée de garçons », comme il l'appelait. Romy trouva l'idée amusante et n'éleva aucune objection. Nous nous rendîmes donc à Salzbourg, où la soirée battait son plein. Arrivés en discothèque, nous fûmes rapidement gagnés par l'ambiance. En moins de deux, Wolfi se trouva flanqué de deux jeunes filles, et nous oubliâmes aussitôt nos bonnes résolutions comme notre permission de minuit. La « soirée de garçons » se termina brutalement au petit matin, sous les lampes torches d'une patrouille de police. Les agents contrôlèrent mon identité ainsi que celle de ma camarade, estimant sans doute que nous prenions un peu trop nos aises à l'arrière de ma voiture. La jeune fille, qui n'était pas née de la dernière pluie, employa les grands moyens pour avoir son nom en première page des journaux à sensation.

De retour à Schönau au lever du jour, nous fûmes accueillis par Romy dès le seuil de la maison. Elle était furieuse et, sans autre forme de procès, décocha à son frère une gifle retentissante.

Pour elle, l'affaire était réglée. Deux ans plus tard, comme nous séjournions avec Wolfi au bord de la Méditerranée, nous avons tous beaucoup ri de cette histoire.

L'entrée dans l'enseignement secondaire marqua pour Romy la fin d'une époque idyllique, celle de l'enfance à Mariengrund. Après quatre ans d'école primaire, elle fut d'abord admise dans un pensionnat des environs de Gmunden, près du Traunsee, puis dans un établissement situé dans le château de Goldenstein, près de Salzbourg, ce qui était plus pratique pour Magda. Ce dernier pensionnat – une fondation d'origine anglaise – était dirigé par des religieuses. Le faible nombre de jeunes filles scolarisées permettait fort heureusement aux pédagogues de se consacrer pleinement à chacune de leurs élèves. Un enseignement tout à fait adapté à Romy, qui ne se montrait pas particulièrement douée pour les études. Tant dans le domaine des mathématiques que dans celui des « tâches ménagères » comme la cuisine, la couture et autres activités manuelles, son caractère agité lui valait avertissement sur avertissement. Mais qu'un sujet la fascine, comme l'histoire ou la musique en général, et elle retrouvait alors toute sa capacité de concentration. Aussi, quel soulagement cela dut être pour Magda lorsque sa fille révéla ses dons pour la peinture sur céramique ou sur bois ! Enfant déjà, elle réalisait des décorations inspirées de l'art oriental et dessinait des motifs puisant leur source dans l'art populaire de Haute-Bavière.

Ses créations étaient toujours le fruit de son imagination : des vases, assiettes ou coupes qui auraient aujourd'hui leur place dans un magasin d'antiquités. Longtemps, Magda a conservé chacun de ces objets dans la maison de Mariengrund.

Un jour que nous nous baladions sur les traces de son enfance entre la Bavière et Salzbourg, Romy me confia qu'elle avait failli faire de l'artisanat son métier. Est-il si terrible d'imaginer que Romy aurait pu continuer à vivre dans l'insouciance de son enfance sans rien connaître du cinéma, ce monde des illusions ? Peut-être se serait-elle épanouie alors dans son art et vivrait-elle aujourd'hui en parfaite harmonie au milieu des montagnes bavaroises, qui sait ?

Une chose est sûre : c'est que la nostalgie d'une existence rurale et simple qui, de loin en loin, étreignait Romy, me semblait plonger ses racines dans cette époque d'apparente insouciance.

Il serait faux de prétendre qu'au fond de son cœur d'enfant, Romy ne nourrissait pas le secret désir de suivre les traces de ses parents et de devenir elle-même actrice. Romy me confia d'ailleurs qu'au pensionnat comme à Mariengrund, un tel sujet était tout simplement tabou. À Goldenstein, mère Thérésa, la mère supérieure – personnalité apparemment chaleureuse, mais directrice d'école inflexible – ne l'aurait pas toléré, tandis qu'à Mariengrund le sujet était tacitement proscrit. Il est évident que les parents de Romy, lors de leurs rares visites, n'avaient d'autre envie que d'oublier leur univers quotidien. Mais je crois aussi pouvoir déduire de mes observations personnelles que Magda s'en trouvait soulagée. Comme toute diva ayant atteint la maturité, peut-être voyait-elle en sa fille une rivale potentielle, fût-ce inconsciemment.

Un après-midi, au cours des tout premiers jours de notre relation amoureuse, Romy, alors que nous croisions au large, se mit à déclamer des tirades entières du *Faust* de Goethe. Elle les avait apprises durant sa jeunesse et s'en souvenait parfaitement. Il est vrai qu'au pensionnat, elle avait tenu le rôle de Méphisto. C'était pour ainsi dire sa première apparition publique. Longtemps, ses parents n'en surent rien. Car si l'art dramatique n'avait pas droit de cité à Mariengrund, il le demeura même après que Magda eut divorcé de Wolf Albach-Retty, peu après la guerre. Je crois que Magda n'a jamais vraiment compris à quel point Romy avait souffert de cette séparation. Magda prétendait que son deuxième mari, Hans Herbert Blatzheim, était « comme un roc au milieu de la tempête, un ami plus qu'un père » pour ses enfants. Dans sa grande naïveté parfois un peu puérile, Magda était convaincue que le père naturel de ses enfants « avait progressivement et imperceptiblement disparu de leur vie ». Raisonnement totalement faux, du moins en ce qui concernait Romy. Certes, nous savons que Wolf Albach-Retty s'était plutôt fait rare auprès de ses enfants. Mais il suffisait d'entendre Romy parler de son père pour vérifier toute la tendresse des sentiments qu'elle cultivait à son égard et mesurer combien elle le comprenait. Des années durant, après le divorce de ses parents, elle confia à son journal des souvenirs enthousiastes où transparaissait la fierté d'une adolescente pour son père. Ce journal, elle l'avait baptisé « Peggy ». À quatorze ans déjà, elle possédait ce style d'écriture si particulier qu'elle devait conserver plus tard. Pour remplir une feuille blanche, elle avait l'habitude de commencer à écrire sur chacun des bords. Elle gribouillait ainsi à droite, à gauche, en haut puis en bas, jusqu'à ce que la feuille soit pleine. Elle encadrait ou soulignait en gras ses commentaires sur tel ou tel sujet – ce qui traduisait l'importance du propos –, ajoutait des annotations, des points d'exclamation ou des entrelacs. On pouvait y déchiffrer avec précision la joie ou la peine, l'amour ou la tristesse qu'elle ressentait.

Contrairement aux allégations de Magda Schneider, Romy était donc restée assez proche de son père, Wolf Albach-Retty. Il était « chic » – c'était l'adjectif qu'elle employait le plus souvent – et gentil avec elle. Peu avant sa mort, alors qu'elle était déjà adulte, Romy lui rendit une dernière fois visite. Les yeux baignés de larmes, elle se mit à sourire tendrement lorsqu'il lui annonça qu'il ne la recevrait qu'après s'être correctement coiffé – malgré tout l'effort que cela demandait à cet homme malade. « S'il avait vécu encore un peu, me confia-t-elle un jour, je crois que nous aurions pu développer une relation vraiment intime. »

Hans Herbert Blatzheim, beau-père de Romy, se situait quant à lui aux antipodes du personnage paternel, malgré le surnom de « Daddy » par lequel Magda le désignait volontiers. Romy ne l'aimait pas et cela remontait à leur première rencontre dans la maison de Mariengrund. La mère de Romy, même si elle le sentait implicitement, ne se l'est jamais vraiment avoué.

Mais pour Hans Herbert Blatzheim, il se peut que cela ait été l'inverse. Car en 1953, cet exemple vivant du « miracle économique allemand » prit en main la gestion d'un véritable « filon », imprudemment dévoilé par Magda lors d'une entrevue avec un producteur. Ce filon, il s'appelait Romy Schneider. Lors des négociations finales précédant le tournage de *Wenn der weiße Flieder wieder blüht* (*Quand refleurit le lilas blanc*), Magda Schneider avait répondu d'un air amusé à une question apparemment bien innocente en précisant que « oui, elle avait une fille. Elle avait même deux enfants – une fille et un garçon ». Intrigués, le producteur et le réalisateur firent venir Romy à Munich pour quelques bouts d'essai. C'était le 16 juillet 1953. L'équipe, qui était toujours en quête de l'actrice idéale pour incarner la fille de Magda Schneider, put enfin arrêter ses recherches. Car à l'issue des auditions, la cause était entendue.

Le public fut conquis. Ainsi débuta une carrière cinématographique particulièrement remarquable.

Romy n'eut pas à attendre très longtemps le rôle suivant. Quelques semaines après *Quand refleurit le lilas blanc,* une nouvelle offre lui parvint. Pour l'instant, les négociations autour de *Feu d'artifice (Feuerwerk)* échappaient encore à l'habile gestionnaire qu'était « Daddy » Blatzheim. Mais l'éminence grise nourrissait déjà des projets pour Romy.

Romy, elle, ne s'intéressait guère à ces aspects-là. C'était une adolescente insouciante, dont l'intérêt était bien éloigné du monde des affaires. Pour l'heure, elle se faisait du souci à propos de sa première scène de baiser.

D'après le scénario, l'acteur allemand Claus Biederstaedt devait être son premier partenaire à l'écran. Et le premier d'une longue série. Pour ma part, je suis fermement convaincu que Romy n'a jamais perdu l'innocence et l'ingénuité dont elle a fait montre lors des années Sissi. Quant au public et à l'image que celui-ci se fait d'un acteur, nombre de vedettes – y compris aujourd'hui celles du petit écran – sont payées pour savoir ce qu'il en coûte de vouloir s'en écarter. Rien d'étonnant donc à ce que beaucoup se soient sentis désemparés lorsque Romy apparut à l'écran dans des rôles aussi peu conventionnelles que celui de Philomena Schmidt dans *Le Trio infernal*.

Il est intéressant, à ce propos, de comparer ce qu'écrit Romy dans son journal intime avant la première scène de baiser, avec ses réflexions ultérieures. « Je n'oublierai jamais, confie-t-elle à "Peggy" le 20 mai 1954, combien lorsque j'allais au cinéma, j'étais gênée dès que je voyais une scène d'amour à l'écran. J'étais assise dans mon siège et je fermais les yeux. Plus tard, je me suis mise à regarder – parce que j'étais curieuse. Mais j'ai toujours pensé : on ne devrait pas montrer ça. C'est vraiment le genre de chose qui concerne deux êtres et eux seuls. Personne d'autre. Et voilà qu'aujourd'hui, devant les caméras, moi aussi je devais faire semblant. Peut-être que lorsqu'on fait du cinéma depuis au moins dix ans, comme Marlene Dietrich et Stewart Granger – quand Stewart Granger prend Marlene Dietrich dans ses bras et l'embrasse vraiment, à moins qu'ils ne fassent semblant –, peut-être qu'après Marlene Dietrich est capable de retourner dans sa loge, de se démaquiller et de rentrer tranquillement en voiture chez elle où elle dévore un jarret de porc comme si de rien n'était. Moi, je ne peux pas !!! »

Je pense qu'au fond d'elle-même, Romy a probablement toujours conservé cette approche naïve, ce regard d'enfant sur les choses et les êtres qui l'entouraient. Bien sûr, on peut rétorquer que l'innocent baiser d'une midinette de quinze ans est bien inoffensif au regard des scènes osées qu'elle dut tourner plus tard. C'est oublier un peu vite que ces scènes furent jouées par une actrice adulte, bien éloignée de la jeune Sissi, une femme de son temps ayant développé un professionnalisme exemplaire.

D'ailleurs, avant d'accepter de tourner dans *Le Trio infernal* au côté de Michel Piccoli, son partenaire favori, Romy réfléchit beaucoup plus longtemps qu'à l'ordinaire. Lorsqu'elle accepta enfin, elle était pleinement consciente des conséquences de ce rôle sur sa carrière. Il lui en coûta beaucoup pour tourner la scène tant décriée où l'on voit Philomena se donner du plaisir. Mais elle y parvint grâce à la maîtrise qu'elle avait acquise de son métier. À travers les rares interviews que Romy accorda dans les années soixante-dix, une phrase revient sans cesse : « Le public, répétait-elle inlassablement, doit comprendre qu'aucun des personnages que j'ai incarnés n'est le reflet de la vraie Romy Schneider. »

14

Marlene Dietrich

Si Romy avait conservé un souvenir très vif de son premier baiser à l'écran, c'est qu'en réalité il s'agissait de son tout premier baiser. Par chance, Claus Biederstadt, son partenaire dans *Feu d'artifice*, la trouvait extrêmement sympathique, à la ville comme à la scène. Néanmoins Romy, alors âgée de quinze ans seulement, dut faire preuve d'une grande maîtrise psychique pour pouvoir jouer devant les caméras cette scène d'intimité. Avant la prise, Biederstaedt vint lui rendre une petite visite dans sa loge, où la maquilleuse était encore à l'œuvre. Il était d'humeur fort réjouie et parlait haut, ce qui traduisait sans doute une certaine nervosité de sa part, mais aussi une excellente préparation psychologique. Il se comporta comme si la séquence à venir n'avait pas réellement d'importance. Anna, la fille d'un industriel, devait embrasser Robert le jardinier, et voilà tout. Biederstaedt la taquina et lui demanda pourtant, d'un air espiègle : « Alors, Romy, as-tu appris ta scène ? L'as-tu seulement suffisamment répétée ? » Romy avoua plus tard qu'elle avait beaucoup rougi. Fort heureusement, cela ne se voyait pas sous le maquillage. Puis elle fut incapable de contenir son rire devant les traits d'humour de son partenaire. Cela lui permit de voir les choses du bon côté : « En tout cas, je n'avais pas le temps de me sentir gênée. »

Kurt Hoffmann, le réalisateur, avait visiblement préparé son jeune interprète, à peine plus âgé que sa partenaire, à la moindre éventualité. Mais il prit une initiative supplémentaire pour débarrasser Romy de son trac. « J'étais tellement excitée que j'entendais mon cœur battre la chamade », expliqua-t-elle par la suite. Alors le réalisateur suggéra que les deux acteurs s'embrassent une première fois devant la caméra, « juste pour faire un essai ». Ils s'embrassèrent, encore et encore, tant et si bien que tout le monde sur le plateau les encourageait. « Embrassez-vous ! leur criait-on, embrassez-vous ! » Enfin le réalisateur coupa : « Merci, c'était parfait. Tout est dans la boîte. »

Feu d'artifice fut le tremplin vers la trilogie de *Sissi.* Mais auparavant, Romy enfila trois films. Quelques semaines après le tournage sous la direction de Kurt Hoffmann, une proposition lui parvint pour un premier rôle dans *Les Jeunes Années d'une reine (Mädchenjahre einer Königin).* Romy devait y incarner la jeune reine Victoria d'Angleterre. Le tournage eut lieu à Vienne et Romy fêta son seizième anniversaire dans les fameux studios Sieveringer. Durant la pause, Magda Schneider avait fait réaliser une énorme banderole souhaitant un bon anniversaire à sa fille. À sa demande, la banderole fut déployée au milieu des décors et une sorte d'autel apparut, chargé de nombreux présents : un pendentif pour son bracelet fantaisie qu'elle aimait tant porter lorsqu'elle était petite fille, un poudrier incrusté de rubis et toutes sortes de babioles. Dans le fond du plateau, un tourne-disque jouait le thème de Harry Lime dans *Le Troisième Homme*, le morceau favori de Romy.

À l'époque, Vienne, sa ville natale, l'attirait énormément. Elle appréciait la mentalité des habitants, si différente de celle des Allemands. Elle aimait les hôtels viennois, l'élégance de l'Ambassador, sur la Kärntner Straße, ou de l'hôtel Sacher, derrière l'Opéra, connu dans le monde entier. Le Demel, avec ses friandises exquises, exerçait sur elle un véritable envoûtement, bien qu'elle dût en limiter sérieusement la consommation. Pour Romy, il s'agissait là d'un premier tribut payé au monde du cinéma.

Les non moins fameux bistrots viennois, nichés dans la verdure des quartiers élégants, la fascinaient tout particulièrement. Un soir, comme elle était invitée par Anton Karas – propriétaire de l'un de ces bistrots –, ses espoirs furent doublement comblés : joueur de cithare, Karas avait en effet composé la musique du *Troisième Homme.* Romy reçut un véritable cadeau d'anniversaire musical et l'artiste ne put se soustraire aux rappels insistants de ses hôtes. Tandis que la nuit résonnait encore des accents mélodieux de la cithare, il raconta quelques anecdotes du tournage avec Joseph Cotten et Orson Welles. Romy était surtout captivée par le personnage d'Orson Welles, acteur génial qu'elle admirait depuis sa tendre enfance et qui devait la choisir, six ans plus tard, pour tourner dans l'adaptation qu'il fit du *Procès* de Kafka.

Orson Welles considéra immédiatement Romy comme une interlocutrice à part entière. Cela la rendit d'abord très fière, puis elle en souffrit un peu. Car elle ne retrouva pas chez les critiques, ni de la part de son public, la considération artistique que lui témoignait le génial Welles. L'image de *Sissi* lui colla longtemps à la peau, sans qu'elle pût s'en défaire.

Romy se plaignait souvent amèrement : « Orson Welles ne m'a pas seulement donné un rôle, il m'a également acceptée et prise au sérieux en tant que partenaire. Cela, le public ne semble pas le voir. Vingt ans après *Sissi*, les gens ne me parlent finalement que des films que j'ai tournés étant adolescente. »

Une anecdote survenue pendant le tournage du *Procès* montre à quel point Orson Welles prenait au sérieux la jeune comédienne. Dans les premiers jours du tournage, il réunit autour de lui l'ensemble des comédiens, y compris Jeanne Moreau et Anthony Perkins, afin de leur faire lire le scénario. Welles n'avait pas encore trouvé l'acteur qui pourrait incarner l'avocat et lut lui-même le rôle vacant – à cette époque, il s'était juré de ne plus jamais remettre les pieds devant la caméra. Quelques jours plus tard, Romy lui demanda : « Pourquoi continuer à chercher l'acteur idéal, puisque nous l'avons directement sous la main ? Jouez donc vous-même le rôle ! Je ne connais personne d'autre au monde qui en soit mieux capable. » La proposition de Romy ne recueillit d'abord que la défiance des autres comédiens. Puis Welles passa outre ses résolutions et décida, malgré son travail de réalisateur, de revenir devant la caméra.

Jeanne Moreau et Anthony Perkins avaient levé des yeux incrédules devant le culot de cette jeune débutante de vingt-quatre ans qui ne se gênait pas pour délivrer des conseils au maître.

Mais Romy avait probablement perdu toute timidité à la suite de leur première rencontre à l'Élysée-Matignon, où elle avait entr'aperçu Welles peu avant le début du tournage. Celui-ci, pourtant accompagné de Marlene Dietrich, n'avait eu d'yeux que pour Romy. Ses regards se portaient sans cesse vers sa table, où elle était en compagnie d'Alain Delon et de quelques amis. La rencontre entre Romy et celui qu'elle avait parfaitement identifié comme son idole ne dépassa pas l'échange visuel. « J'aurais considéré comme impoli, confia-t-elle plus tard, de m'avancer vers lui et de le déranger. D'ailleurs, il était là à titre privé. »

Ceux qui prétendent que Marlene Dietrich se serait offusquée de l'attention que Welles portait à Romy se trompent. Je crois savoir au contraire que Romy et Marlene Dietrich s'appréciaient beaucoup, même si leurs relations étaient empreintes de réserve. Marlene Dietrich, dans son exil parisien, avait déjà choisi le chemin qui la conduirait à l'isolement définitif, rendant le mythe autour de sa personne encore plus fascinant et insondable. J'eus cependant la chance d'assister à l'une de leurs entrevues.

Cette scène étrange eut lieu vers le milieu des années soixante-dix. Je venais de dîner avec Romy à l'Orangerie. Le repas avait été excellent. Soudain, Marlene Dietrich pénétra dans la salle. Son entrée subite, ses vêtements, le décor quelque peu mystérieux, tout cela rappelait étrangement le personnage fabuleux qu'interprétait Gloria Swanson dans *Sunset Boulevard*, le chef-d'œuvre de Billy Wilder. Les deux femmes, qui s'étaient rencontrées par l'intermédiaire d'Orson Welles sur le tournage du *Procès*, se saluèrent en silence, mais amicalement, d'un mouvement de tête entendu.

Comme Marlene Dietrich se tournait vers le personnel, Romy fit une ovation, reprise par toute la table, en l'honneur de sa compatriote devenue une star d'Hollywood. Elle eut des mots sublimes pour louer le haut degré d'accomplissement de son art. À la fin, elle décrocha spontanément l'une des chaînettes en or qu'elle avait au cou et la mit dans une enveloppe. Romy adorait les chaînes en or, qu'elle portait volontiers par demi-douzaine. Elle arrêta l'un des serveurs, lui donna l'enveloppe sur laquelle elle avait simplement griffonné quelques mots, et lui demanda de l'apporter à la table voisine, celle de Madame Dietrich. Celle-ci fit un signe de remerciement et nous invita à sa table. Les deux femmes s'entretinrent environ deux heures, comme si elles étaient seules au monde. Puis Marlene Dietrich se retira et me pria de l'accompagner jusqu'à son appartement. Elle avait quelque chose à faire remettre à Romy le soir même. Je l'accompagnai donc jusqu'à l'avenue Montaigne où elle m'offrit un verre de sherry et me tendit, soigneusement emballée dans un étui, la chaînette que Romy venait juste de lui offrir. « Il n'est pas possible que j'accepte un cadeau de sa part, me dit-elle. En revanche, offrez-lui ceci de la mienne. » Aussitôt elle me tendit un deuxième étui dans lequel se trouvait une autre chaînette en or.

Quelque peu consterné, je pris congé et regagnai l'Orangerie. Romy se contenta de sourire et prit les deux chaînettes. Pour autant que je sache, elle ne les a plus jamais quittées. Cependant je ne crois pas que l'on puisse en déduire qu'il y ait eu entre ces deux artistes autre chose que de l'estime et une profonde admiration mutuelle. Il est absolument certain que Romy Schneider n'entretenait aucune liaison féminine, contrairement aux propos calomnieux véhiculés par presque tous ses biographes (sans doute parce que ceux-ci se sont tous plagiés les uns les autres).

« J'ai eu deux expériences avec les femmes, m'a-t-elle avoué un jour. Mais c'était il y a longtemps, quand j'étais très jeune, et seulement par curiosité. Sur le plan érotique, je n'ai jamais trouvé cela vraiment excitant. » La fascination exercée par Simone Signoret sur Romy, pour n'évoquer que cette personnalité parmi celles systématiquement citées, était d'ordre purement professionnel.

Il est étonnant de constater qu'à seize ans déjà, Romy, au-delà du simple personnage de *Sissi*, charmait irrésistiblement bien des gens de théâtre et de cinéma, et non des moindres. Elle possédait un magnétisme particulier, qui ne manquait pas d'agir sur les grands artistes. En novembre 1954, l'acteur, metteur en scène et directeur de théâtre allemand Gustaf Gründgens avait ainsi réservé tout un après-midi à Taormina, en Sicile, pour venir discuter avec la jeune actrice de ses projets. Il avait le sentiment que Romy portait en elle toutes les promesses d'une future vedette au charisme immense. Le grand Luis Buñuel pensait certainement de même, puisque deux ans après Gründgens et sans connaître Romy autrement que par ses films, il lui proposa un rôle important dans *La Mort en ce jardin* aux côtés de Simone Signoret et Charles Vanel. N'étant pas disponible, Romy dut décliner l'offre... la mort dans l'âme !

Fritz Kortner, quatre ans plus tard, eut plus de chance. Metteur en scène jouissant également d'une grande notoriété, il offrit à Romy un rôle dans la version télévisée de *Lysistrata,* d'Aristophane. La comédie antique passa quasiment inaperçue. À juste titre, à en croire Kortner et Romy, unanimes quant à la malheureuse expérience. Avec le grand Luchino Visconti, enfin, l'entente spirituelle était telle qu'il considérait Romy comme sa fille adoptive.

Lorsque notre fille Sarah eut l'âge de Romy à l'époque où elle tournait *Sissi,* je l'accompagnai jusqu'à la capitale autrichienne, sur les rives du Danube. Avec Sarah, nous avons visité la Vienne que sa mère aimait tant. De nombreux photographes nous accompagnaient lors de cette semaine de vacances et les photos se vendirent dans le monde entier, comme d'ailleurs un certain nombre d'autres reportages auparavant. Alors bien sûr, les mauvaises langues ont susurré que « Biasini ne reculait même pas devant la commercialisation de sa propre fille ».

Il est temps d'expliquer une fois pour toutes ce qui nous a poussés, Sarah et moi, à agir de la sorte.

Un soir – elle avait alors sept ans – Sarah revint de l'école en pleurs. Qu'était-il donc arrivé ? Elle finit par nous dire que des paparazzi l'attendaient à la sortie de la classe et l'avaient obligée, sous divers prétextes, à poser pour eux – avec son cartable, sans son cartable, ses cahiers dans les bras, sans ses cahiers, le visage près d'une fleur, etc. J'ai immédiatement chargé un avocat d'engager des poursuites. Mais celui-ci – un esprit subtil – me mit aussitôt en garde – ce qui n'était d'ailleurs pas dans son intérêt : « Certes, vous obtiendrez gain de cause, monsieur Biasini, cela ne fait aucun doute. Mais vous ne résoudrez rien de cette façon. Les paparazzi reviendront, car les photos de Sarah Biasini vaudront encore plus cher à cause de cette affaire. Il serait plus habile d'agir différemment, par exemple en ôtant toute valeur à leur petit commerce. »

Je compris rapidement ce qu'il voulait me dire. Nous convînmes d'un plan : depuis lors, j'accordai chaque année un reportage photo à un magazine – en général *Paris Match* – ou à une agence, qui nous versait des honoraires forfaitaires pour les droits d'exploitation exclusifs des clichés. De cette façon, nous avons pu passer des moments agréables dans les plus beaux lieux de villégiature de la planète. Quant aux honoraires, je les ai placés sur un compte bloqué au nom de Sarah. En agissant ainsi, j'ai obtenu deux choses : d'une part, Sarah disposera dès ses vingt-quatre ans d'une belle petite somme – ce qui ne sera pas de trop, car l'héritage que lui a laissé Romy se résume finalement à des souvenirs. D'autre part, ma fille et moi avons été épargnés par les pararazzi. Les séances de photos annuelles que nous organisons ôtent pratiquement toute valeur à leur travail, les photos de Sarah étant à chaque instant à la disposition des médias.

Mais revenons à Romy : au milieu des années cinquante, elle n'avait pas encore reçu le moindre sou. Je veux parler des importants cachets qu'elle aurait normalement dû toucher, car elle en était déjà à son troisième grand rôle. Ce que Romy écrit dans son journal à cette époque est vraiment touchant : « Je crois que je devrais demander plus d'argent de poche à maman. »

15

Delon et Visconti

Il est singulier de constater qu'à dix-huit ans à peine, Romy était déjà capable de se défendre sur le plan artistique. Elle refusait ainsi catégoriquement de tourner dans une suite de *Sissi.* Mais l'influence de « Daddy » Blatzheim, tant au sein du cercle familial que dans le milieu du cinéma, était telle qu'il se passa de son assentiment. Il conserva cette position dominante jusque dans les années soixante, époque à laquelle Romy s'opposa définitivement au fait de tourner un quatrième *Sissi.* Le cachet d'un million de marks qu'il lui promit n'y changea rien. Il est probable que la simple perspective d'un *Sissi* n° 4 suffisait à la faire frémir d'horreur.

Bien sûr, l'argent n'intéressait pas particulièrement Romy. Mais un tel refus se doit également d'être replacé dans son contexte : c'était alors le début de l'aventure entre Romy et Alain Delon, une aventure intense et tumultueuse qui allait durer six années. Et l'on peut penser que l'immense défiance de Delon vis-à-vis de « Daddy » Blatzheim a largement contribué à influencer Romy.

Car la jeune fille de dix-huit ans qu'elle était commençait à s'intéresser aux hommes. Mais là encore, il faut bien différencier la légende des faits.

La vérité, c'est qu'il n'y eut jamais de liaison – et encore moins de véritable histoire d'amour – entre Romy et Karlheinz Böhm, le jeune empereur François-Joseph dans *Sissi.* Contrairement à diverses rumeurs, Romy n'avait pas une très haute estime de son partenaire et n'éprouvait d'ailleurs aucune attirance pour lui.

De même sont absurdes ces informations colportées en février 1956 par différents journaux et magazines, concernant une liaison sulfureuse avec le triple champion olympique de descente à ski, Toni Sailer. Romy et Sailer se virent deux fois et ces rencontres furent aussi innocentes que le laisse supposer la personnalité plutôt timide de ce rude gaillard, trois fois médaillé d'or à Kizbühel – mais ce serait oublier la présence des photographes de presse, si prompts à se faire une montagne de ce qui n'était qu'une taupinière. La situation n'a guère évolué depuis cette époque. Qui, aujourd'hui, renoncerait à une manchette telle que « Le champion olympique vole au secours de la star en déroute » ?

Bien que généralement ignorée, la romance entre Romy et Horst Buchholz – qui fut son partenaire dans *Un petit coin de paradis (Robinson soll nicht sterben)* et *Monpti* – fut, quant à elle, bien réelle. Le tout jeune acteur fut son premier véritable amour, donc, probablement, le premier homme dans sa vie.

Romy n'avait pas encore choisi la voie de la rébellion. Ce n'est qu'un an plus tard qu'elle rencontra celui qui allait tout déclencher. Elle venait d'accepter un rôle dans une adaptation de l'*Amourette (Liebelei)* de Schnitzler, une coproduction franco-allemande typiquement dans le genre de *Sissi*. Au côté de la douce Viennoise qui devait incarner le personnage de Christine – qui donna son nom au film – apparaissait un jeune premier français, presque un inconnu. Alain Delon était certes extrêmement séduisant mais pas forcément crédible dans le fringant uniforme d'un lieutenant de François-Joseph. En réalité, c'était un révolté que rien ni personne ne pouvait influencer. Il arrivait aux studios en jean et en T-shirt et, pour tout dire, était aux antipodes de l'image de la jeune fille bourgeoise, protégée et gâtée, que véhiculait Romy.

Lors de leur première rencontre à l'aéroport d'Orly – où Delon était venu accueillir Romy, dûment chaperonnée par sa mère –, le loup s'était déguisé en berger. Bien coiffé, il portait une cravate et un élégant costume de ville, et tenait un énorme bouquet de roses à la main.

Ils passèrent la soirée au Lido, qu'affectionnait particulièrement Magda, en compagnie de Jean-Claude Brialy. Tandis que les plats le disputaient au champagne, Brialy décocha quelques coups de coude à son voisin de table. « Est-ce que tu as la moindre idée de ce que cela va nous coûter ? Ça, c'est tout à fait toi : tu invites deux grandes stars et tu n'as pas un sou en poche. » Delon esquissa un geste nonchalant. « Ne t'occupe pas de ça. » Mais il n'avait aucun plan de secours, bien au contraire. Lorsqu'on lui présenta la note, il la tendit aux deux dames. Ce geste eut deux effets opposés : Romy – même un peu inconsciemment – devait commencer à voir en Delon un rebelle à l'attitude souveraine. Pour Magda au contraire, c'était le début d'un long cauchemar.

Entre Alain et Romy, ce fut en effet le coup de foudre. Mais dans le mauvais sens du terme – du moins au début – car, à les en croire, leur première rencontre fut désastreuse. Une version bien différente de celle qui veut qu'ils se soient plu au premier regard.

Romy ne parlait alors pas un mot de français et Delon ignorait tout de l'anglais, grâce auquel ils auraient pu s'entendre. L'étrange charabia qui leur servait de moyen de communication n'arrangea pas les choses. En revanche, le courant passa immédiatement avec Jean-Claude Brialy – qui avait également un rôle dans *Christine*. Il est vrai qu'il pratiquait l'allemand.

Les sentiments de Romy envers Delon n'évoluèrent qu'au bout de quelques semaines, alors qu'elle s'installait en bord de Seine pour le tournage. Car alors l'étrange freluquet, d'apparence si terne, se mua en un jeune sauvage prompt à transgresser toutes les règles de la bienséance. Il ignorait tout de la ponctualité, n'accordait aucun soin à sa toilette et ne se souciait nullement de Romy en dehors du plateau. Il ne fit aucun effort pour communiquer avec elle. Romy, qui retenait à grand-peine ses premières bribes de français, n'arrivait même pas à saisir les répliques de Delon. Il lui parlait avec un tel débit que seul un francophone de naissance pouvait le comprendre. De toute évidence, il s'agissait là d'une provocation. Résultat, il y eut régulièrement des frictions et les premiers jours de tournage se déroulèrent dans une atmosphère belliqueuse.

À la surprise générale, l'armistice eut lieu à Bruxelles. Le Bal international du cinéma – l'un des grands événements de l'époque – avait convié le couple vedette de *Christine*. Magda Schneider, qui éprouvait toujours le même malaise à l'égard de Delon, venait de commettre une erreur fatale : elle avait laissé sa fille voyager seule avec celui-ci depuis Paris. À l'arrivée du train en gare de Bruxelles, Magda se souvient de s'être immédiatement rendu compte de la situation : « Mon Dieu, la voilà piégée », pensa-t-elle.

Selon toute apparence, Delon avait profité du déplacement pour instiller dans le cerveau de Romy les germes de la rébellion.

Le couple partagea plusieurs danses, ce qui le plaça d'emblée sous le feu des photographes. Comme Alain avait raccompagné sa partenaire à la table parentale – qui était aussi celle de la délégation allemande –, il lui fit signe de venir le rejoindre à sa table. Cette invitation faillit dégénérer en incident diplomatique. Devant l'exaspération à peine contenue de Magda Schneider et de « Daddy » Blatzheim, Romy renonça de mauvaise grâce à quitter sa chaise. Les parents s'obstinaient et dans leurs propos assourdis sifflaient des qualificatifs aussi flatteurs que « individu inconvenant » ou « ordinaire ». Romy faisait le dos rond. Désormais pourtant, la révolte n'était plus qu'une question de jours.

De fait, Romy n'avait pas l'intention de rentrer en Allemagne chez ses parents. Rien ne pouvait l'y résoudre, ni les hauts cris de Magda dans les couloirs de l'hôtel Sacher, ni les menaces téléphoniques du « beau Daddy » Blatzheim. Romy fit une réservation sur le vol Vienne-Paris. Et dès son arrivée à Orly, elle appela Delon : « Alain, c'est Romy ! Je suis à Paris. S'il te plaît, viens me chercher. »

Un acte extrêmement courageux de la part d'une jeune fille de vingt ans, jusque-là totalement protégée par sa famille. « Tandis que je volais vers Paris, racontera-t-elle plus tard, je ne pensais pas une seule seconde à ce qui me poussait à agir ainsi. Je voulais seulement en finir avec le milieu bourgeois hyper conservateur et – en apparence – si bien ordonné, qui était le mien. Mais en réalité par-dessus tout, je voulais être avec Alain. »

Alain Delon représentait l'opposé de ce à quoi elle renonçait. Alain, c'était l'art et le théâtre, mais c'était aussi un monde où l'on se souciait tellement peu de l'argent qu'il fallait parfois vivre sur la corde raide, une vie aventureuse. Quoi qu'il en soit, l'amour que Romy portait à Alain fut si fort qu'il l'aida à surmonter ses propres peurs.

Pourtant, les premiers mois passés à Paris furent marqués par des états d'angoisse si intenses qu'ils menaçaient de dégénérer en dépression nerveuse. Les coups de téléphone succédaient aux courriers de sa mère et de son beau-père l'exhortant à regagner l'Allemagne et tirant à boulets rouges sur « le ravisseur » de leur fille et « sa dépravation ».

Romy vivait dans la capitale depuis six mois déjà lorsque Delon se mit en tête d'anéantir le plan soigneusement échafaudé par Blatzheim. Le beau-père, qui souhaitait aboutir rapidement à une réconciliation générale, avait organisé en mars 1959 des fêtes de fiançailles à Morcote, sur le lac de Lugano. La presse internationale fut conviée. Delon se prêta d'abord sans rechigner à ce qu'il considérait comme une intrigue. Puis il acquit la certitude que Blatzheim voyait uniquement en Romy une « mine d'or » et non un être humain. Pour Blatzheim, l'exil artistique volontaire de sa belle-fille à Paris, avenue de Messine, menaçait avant tout de réduire à néant les projets cinématographiques qu'il avait échafaudés bien avant la liaison de celle-ci avec Delon. On avait déjà signé les contrats pour le tournage de *Katia (Katja – die ungekrönte Kaiserin)*, de *La Belle et l'Empereur (Die schöne Lügnerin)* et de *Mademoiselle Ange (Ein Engel auf Erden)*, et « Daddy » risquait de voir des sommes fabuleuses lui passer sous le nez. Le tournage de *Katia* garantissait à lui seul le versement d'un cachet de sept cent cinquante mille marks, ce qui était une somme considérable à l'époque. Et Blatzheim sentait d'autant plus peser la menace que Romy risquait de sombrer dans l'oubli après un long séjour dans le sillage de Delon.

À Morcote, la fête battait son plein. À la surprise de nombreux visiteurs, Delon ne négligea aucune provocation susceptible d'offenser le beau-père tant détesté. Sur les photos officielles de fiançailles, il apparut sans veste, ni cravate, comme il était d'usage à l'époque chez les jeunes rebelles. Il n'avait même pas daigné mettre de chemise, mais portait tout simplement un pull-over rapiécé aux coudes qui contrastait singulièrement avec les toilettes solennelles déployées par Magda et son époux.

Il n'était donc pas surprenant d'entendre, de la part du couple parental, en ce jour de fiançailles, des propos aussi amers que : « Le mariage n'est pas d'actualité – les deux enfants doivent d'abord apprendre à mieux se connaître. » Le lendemain, comme Blatzheim s'étranglait de fureur devant l'échec retentissant de la conférence de presse, Delon acheva de le crucifier. Il emprunta son canot à moteur et l'envoya tout droit à la ferraille. La presse jubilait. Des articles ravageurs rapportèrent comment Blatzheim changea instantanément de couleur lorsque Delon lui rapporta un hors-bord éventré et prenant l'eau de toute part. Delon dut se tordre de rire. Il avait eu sa revanche, à sa manière.

Il y avait pire. Car la métamorphose artistique de Romy Schneider débuta dans ce qui semblait être une impasse. À Paris, au côté d'Alain Delon, elle était rapidement devenue une jeune fille austère. À y regarder de plus près, ce changement n'était pas si étonnant. Car celle qui fut acclamée comme l'héroïne de *Sissi* était devenue, en quelques mois passés au bord de la Seine, professionnellement insignifiante. Quant à sa vie privée, Romy était menacée d'un tout autre mal : la jalousie.

L'objet de son ressentiment n'était autre que Luchino Visconti, sans qu'il soit le moins du monde question d'une relation particulière entre Visconti et Delon. Le magnétisme qu'Alain exerçait sur le maître était dû avant tout à l'exceptionnel potentiel artistique que Visconti pressentait dans le jeune acteur français. Delon, lui aussi, était sous le charme.

Lorsque Romy vint rendre visite à Alain, celui-ci ne parla pratiquement que du maître. Alain et Romy passèrent toute la semaine à Rome. Presque chaque soir, ils étaient les hôtes de Visconti avec qui, peu à peu, Romy lia connaissance. Imperceptiblement, une sorte de sympathie naquit entre les deux êtres. C'était le début d'une des relations les plus fortes qu'allait connaître Romy dans sa vie. Elle se concrétisa par une proposition de Visconti qui étonna aussi bien Alain que Romy. Visconti préparait avec Delon la mise en scène à Paris d'une pièce de John Ford : *Dommage qu'elle soit une putain.* Le sujet de ce drame était l'amour entre un frère et une sœur dans l'Angleterre élisabéthaine. Mais Visconti n'avait pas encore trouvé l'actrice capable de tenir le principal rôle féminin. « Pour moi, déclara-t-il soudain, Romina (c'est ainsi qu'il appelait Romy) serait la partenaire idéale. » Auteur anglais, théâtre français, metteur en scène italien : Romy rit de bon cœur en pensant à ce qui pourrait sortir d'un tel pot-pourri. Et comment elle, actrice allemande, pourrait-elle espérer tenir un rôle aussi important avec une si piètre maîtrise du français ? Devant les doutes de Romy, Visconti fut sur le point de s'emporter. Il était dans une effervescence telle que Romy finit, le soir même, par accepter.

Mais avant tout, Romy devait vaincre un certain nombre d'obstacles. En particulier l'influence – toujours faiblissante mais quand même présente – de sa mère. Car malgré les tensions engendrées par sa fuite à Paris, Romy n'avait pas renoncé à garder le contact avec Magda, à qui elle téléphonait deux à trois fois par semaine. Parfois, la conversation tournait à l'affrontement. Les divergences persistaient, même s'agissant des débuts de Romy sur les planches. Non que Magda Schneider y fût fondamentalement opposée – elle y avait même autrefois encouragé sa fille –, mais elle avait des vues bien précises sur ce que devaient être ces débuts : « un rôle facile, en allemand et en province », écrira Magda pour les millions de lecteurs de ses mémoires. Aussi resta-t-elle sans voix lorsque Romy lui annonça où – et en compagnie de qui – elle allait faire ses débuts sur scène. « À l'époque, avoua-t-elle, j'ai pensé qu'elle avait perdu la raison. »

Par chance, Romy ne se laissa pas démoraliser par les sombres prophéties de sa mère. Sa prestation parisienne sous la direction de Visconti marqua le début d'une immense carrière dramatique, même si la pièce ne devait pas connaître un franc succès.

Mais chaque chose en son temps. À peine de retour à Paris, Romy s'inscrivit à un cours intensif de diction auprès de Raymond Jérôme. Ils se retrouvaient tous les jours quai Voltaire, dans le bureau de Georges Beaume, l'agent d'Alain Delon. C'est à cette époque qu'elle apprit les *Fables* de La Fontaine, qu'elle devait réciter bien plus tard à ses enfants avec toujours autant de bonne humeur. Certains jours, elle était capable de travailler le français douze à quatorze heures d'affilée. Les quatre semaines qui précédèrent les premières répétitions au Théâtre de Paris furent révélatrices d'un trait propre à Romy, unanimement loué par les grands réalisateurs avec qui elle tourna par la suite : son extrême implication dans le travail. Rien de surprenant, donc, à ce que les progrès accomplis dans l'apprentissage du français fussent tout simplement fulgurants. Quand je l'ai rencontrée, Romy parlait le français couramment et sans fautes. Cela ne l'empêcha pas, plus tard, d'encourager son fils David à la corriger lorsqu'il remarquait une faute d'accent ou de prononciation. Romy et David essayant d'articuler correctement tel ou tel mot français... Ces moments sont certainement parmi les plus beaux dont se souviennent ceux qui les ont bien connus.

Les répétitions au Théâtre de Paris débutèrent trois bons mois avant la première. « Au début, c'était effrayant, se souvenait Romy ; je faisais à peu près tout ce qu'il ne fallait pas. Nous arrivions en retard aux répétitions et, malgré mes nombreuses heures de cours de langue, je ne parvenais pas à me concentrer et prononçais mal un mot sur deux. » Les treize autres membres de la troupe qui répétaient sous la direction de Visconti n'en revenaient pas et portaient sur Romy un regard quelque peu condescendant. Parmi ceux-ci, Pierre Asso, un acteur exceptionnel, ne cachait pas son mépris. Mais il fut aussi le tout premier à prendre Romy en affection sitôt qu'il comprit qu'elle avait du talent. Après deux semaines, il commença à l'encourager par de petits billets qu'il lui glissait dans la main et sur lesquels il avait griffonné « C'est ça ! » ou « Continuez ! ».

Chaque jour, Romy prenait un peu plus confiance en elle-même. On pourrait presque en attribuer le mérite aux encouragements d'Asso plutôt qu'au travail de Visconti. Plus tard, Pierre Asso fit partie de l'entourage intime de Romy à Paris. Cette amitié était née durant les pires répétitions qu'elle ait jamais connues. Beaucoup d'actrices auraient préféré quitter la production plutôt que de continuer. La cruauté de Visconti envers Romy tenait parfois plus de la torture morale que d'un véritable souci de mise en scène. Souvent, il criait et menaçait de la congédier. Seules la conception perfectionniste que Romy avait de son métier et sa force quasi autodestructrice lui épargnèrent l'humiliation d'un renvoi.

Peu à peu Romy se sentit habitée par le rôle, et aussitôt elle regagna la confiance de Visconti. « Cela me donnait une force considérable, racontait-elle, bien que les premières répétitions publiques ne se fussent pas déroulées dans les meilleures conditions. » Il en restait encore trois avant la première officielle. Et c'est à la veille de celle-ci que survint le drame : Romy devait subir d'urgence une ablation de l'appendice. La réalité rattrapait la fiction. Les mauvaises langues parlèrent d'un « éloignement tactique ». Mais il s'agissait en fait d'une inflammation aiguë et Romy était véritablement en danger de mort.

Tandis que le théâtre enregistrait un préjudice financier provisoire, Romy tirait parti de cette pause involontaire pour approfondir son rôle. Deux semaines plus tard, elle fêtait en triomphe la première de la pièce. Après d'innombrables vœux de prompt rétablissement, Romy reçut un torrent de fleurs et Jean Cocteau lui envoya même un dessin. Parmi les mille trois cent cinquante invités à la première figuraient des personnalités aussi prestigieuses qu'Ingrid Bergman, Anna Magnani, Jean Marais, Jean Cocteau, Curd Jürgens et, bien entendu, Magda Schneider – à qui Romy n'eut pas le droit de parler avant le lever de rideau, car elle aurait rendu sa fille trop nerveuse. Après la représentation bien sûr, ce n'était plus la même chose. On pouvait tout se dire... Et le public ne se gêna pas. Même Visconti en fut pour ses frais. La pièce ne recueillit que des applaudissements polis, auxquels se mêlaient les huées. Mais quand ce fut au tour de Romy de saluer le public, la salle enthousiaste lui adressa un concert d'acclamations. Alain Delon lui-même était fou de bonheur, bien qu'il n'eût, pas plus que les autres acteurs, droit aux salves d'applaudissements. L'émotion le submergeait au point qu'une fois dans la loge il se jeta avec impétuosité au cou de Magda Schneider.

Le lendemain, la mise à mort écrite fut déclarée : les critiques parisiens – au premier rang desquels Jean-Jacques Gauthier – condamnèrent la pièce et le metteur en scène. Seule Romy fut épargnée. On put lire : « Romy Schneider, avec son accent autrichien si particulier, parvient seule à nous faire oublier le vide absurde des dialogues. C'est du sang neuf qui bat dans les veines de cette enfant gracieuse et pâle. La clarté de son timbre est plus expressive que le texte qu'elle prononce. Voilà une actrice exceptionnelle. »

La pièce connut le sort réservé à la plupart des œuvres livrées à l'acrimonie des critiques. Elle ne fut pas même retirée après seulement deux, trois ou quatre semaines. Non. Elle resta à l'affiche pour cent vingt représentations. On jouait tous les soirs à guichets fermés, et c'est devant un parterre conquis que Romy et Alain recevaient l'ovation du public. Romy citait souvent en riant son vieil ami Curd Jürgens : « Peu importe ce que les gens écrivent sur moi, du moment qu'ils n'écorchent pas mon nom. » Nul ne sait si cette citation était destinée à consoler Alain ou à se rassurer elle-même. Mais une chose est sûre : la star mondiale Romy Schneider est née à Paris le 29 mars 1961.

Romy possédait un autre souvenir unique de ses débuts sur la scène parisienne : un film amateur de sa première apparition au côté d'Alain Delon, ambitieuse réalisation tournée en 8 mm et en noir et blanc. Des années plus tard, alors qu'elle était déjà mondialement reconnue, Romy exhuma le document de ses archives personnelles et le visionna en entier. Rarement, j'ai entendu Romy rire d'elle-même d'aussi bon cœur que lors de la projection de *Dommage qu'elle soit une putain*. Parmi ses séquences favorites, il en était une où elle tentait désespérément d'emplir l'immense salle de théâtre de sa voix stridente. Il y avait aussi ces quelques scènes – qui se voulaient pourtant pathétiques – où Alain Delon apparaissait en collant et brandissait sa dague en gesticulant comme un fou. « Mon Dieu, ce que nous étions mauvais ! » s'exclama-t-elle. Et elle riait tellement que des larmes coulaient sur son visage.

16

Lettre à Kortner

Tout au long de son existence, Romy considéra Luchino Visconti comme une sorte de dieu. Ils étaient attachés l'un à l'autre comme seuls peuvent l'être un homme et une femme dont la relation est avant tout spirituelle. Elle et lui étaient très amoureux l'un de l'autre – mais ce n'était pas du tout une relation érotique. Cela ne les empêchait pas de se livrer parfois à de véritables empoignades. Tout de suite après le succès de Romy sur la scène parisienne, Visconti l'avait engagée pour interpréter le principal rôle féminin dans l'épisode de *Boccace 70* intitulé « Il lavoro ». Dans cette coproduction franco-italienne, Romy avait pour partenaires Tomas Milian, Paolo Stoppa et Romolo Valli.

Lors du tournage, une querelle éclata entre

Romy et Visconti, sans raison apparente, déclenchée par ce qui semblait être un caprice du maître. Il est probable que cet artiste incontesté voulait ainsi marquer sa domination absolue dans le jeu qui l'unissait à Romy et à Delon. Il en avait grand besoin car son ego avait terriblement souffert du triomphe théâtral de Romy, si brillamment relayé par la critique. Et ne serait-ce que par principe. Naturellement, Romy voyait cela d'un autre œil. Malgré toute la vénération qu'elle portait à Visconti, elle n'était pas prête à faire le dos rond et à tout accepter lorsqu'elle avait la conviction d'être injustement traitée. Ce jour-là, le hasard voulut qu'Alain Delon et le producteur du film, Carlo Ponti, fussent présents. Delon, qui était en tournage avec Antonioni, avait fait le voyage jusqu'à Rome. Soudain, pour une broutille, Visconti se mit à tempêter contre Romy : « Fais-moi la grâce de faire ce que je te dis, et cesse de jouer les stars ! » Et tandis que Romy se tournait vers les caméras, il lança un regard à Delon, qui signifiait en substance : « Tu as compris, maintenant, comment il faut la traiter ? »

Romy, qui faisait preuve d'un tact exceptionnel, comprit tout cela et évita durant une semaine d'adresser la parole à Visconti. Leurs échanges se limitaient au strict nécessaire. Mais à peine Delon regagnait-il Paris que le maître invitait Romy à dîner chez lui. Sans même évoquer l'incident et sans un mot d'excuse, il lui remit le précieux anneau en bois dont j'ai déjà évoqué l'importance. Puis ils s'embrassèrent en silence. Cet anneau, Romy ne devait quasiment plus le quitter.

De son succès dans *Dommage qu'elle soit une putain*, Romy avait conservé la nostalgie des planches. Malheureusement, aucun des réalisateurs avec lesquels elle travailla par la suite – pas même ceux issus du théâtre – ne sut réellement lui donner une nouvelle chance de prouver ses capacités dramatiques. Ni Clouzot, ni Preminger, ni même Orson Welles. Une personne, peut-être, en eût été capable : Fritz Kortner. Mais en choisissant de s'installer à Paris, Romy avait déjà pris ses distances. Le grand metteur en scène allemand avait certes connu un échec avec Romy, lors de l'adaptation de *Lysistrata* pour la télévision, mais il n'avait cessé de la supplier : « Revenez à la scène allemande et vous verrez que vous accumulerez les triomphes. » L'idée de Kortner était évidente : Romy, après avoir surmonté à Paris une traversée du désert telle qu'elle n'en avait jamais connue, remonterait sur scène à Munich, Hambourg, Berlin ou Vienne. Le calcul était simple : les dons d'actrice de « la Schneiderin », comme il l'appelait, se révéleraient avec d'autant plus d'éclat en Allemagne qu'elle s'était sentie abandonnée à Paris.

Seulement Kortner avait perdu de son influence sur l'actrice. Cela apparaît clairement dans une lettre que lui adressa Romy, deux mois après avoir reçu le télégramme qu'il lui avait envoyé après sa première parisienne. Une copie de cette lettre fut retrouvée parmi les souvenirs personnels de Romy. Si le contenu en était très chaleureux, empreint d'un profond respect, les propos quant à eux laissaient déjà deviner le début d'un éloignement de la scène allemande. Cette missive est intéressante à plusieurs titres. Rien que les premières lignes montrent par exemple à quel point tous ceux qui considéraient l'existence de Romy comme une tragédie antique se trompaient. Peu importe aujourd'hui de savoir s'ils agissaient ainsi par méconnaissance ou si c'étaient des oiseaux de mauvais augure, car le fait est que cette lettre marque une véritable profession de foi de Romy adulte, confirmant son optimisme dans la vie en général mais aussi son engagement quasi fanatique envers son métier.

Dès l'année suivant son succès sur les planches parisiennes, cette conception si particulière de sa profession la poussa – malgré l'intérêt de plus en plus perceptible d'Hollywood à son égard – à s'engager dans une direction fort différente, et très audacieuse. Romy partit en tournée avec *La Mouette* de Tchekhov, sous la direction de Sacha Pitoëff. Elle joua cette œuvre exigeante sur les scènes de Paris, Lyon et Bordeaux puis, dans le sud de l'Allemagne, à Baden-Baden. Ce n'était pas une idée très fameuse que de laisser Romy faire ses débuts sur une scène allemande dans une pièce russe aussi mélancolique et, qui plus est, en langue française. Comme il fallait s'y attendre, les commentaires sournois et acerbes prévalurent – non pas contre l'artiste, mais sur sa vie privée. À Avignon, Romy, très affaiblie par de trop nombreuses promenades à cheval, dut prendre une période de repos. Aussitôt, la presse à sensation s'empara de l'histoire, surtout les journaux germanophones, et en profita pour lancer des allégations mensongères à son égard. On parla d'une fausse couche et l'on prétendit que l'actrice refusait désormais d'entendre parler de son public allemand. À la vérité, cet accès de faiblesse avait été occasionné par une désagréable affection abdominale. Rien d'autre.

Comme souvent dans la vie, toute mauvaise expérience a ses côtés positifs. Tandis qu'elle était en convalescence à l'hôpital de Nice, Romy reçut un visiteur de marque. L'homme assis à son chevet n'était autre que le très estimé – et très exigeant – Henri-Georges Clouzot. Le célèbre réalisateur dévoila à Romy toute une palette de projets parmi lesquels il lui suffisait de choisir. Tout de suite, elle déclina l'une de ses propositions : Clouzot l'avait invitée dans une suite luxueuse, aux murs tendus de velours rouge et au plafond orné de miroirs. Et la conversation autour d'une éventuelle collaboration tourna court, plus court en tout cas que ne se l'était imaginé le grand homme. En 1964, Romy décida néanmoins de tourner sous sa direction. Elle tint le rôle principal dans *L'Enfer*, avec Serge Reggiani. Ce film arrivait à point nommé. Romy sortait en effet de deux événements traumatisants : deux années passées à Hollywood et sa séparation d'avec Alain Delon. Même si le film ne fut jamais achevé, il remplit sa fonction la plus importante : canaliser l'attention de Romy.

17

D'un extrême à l'autre

Les six années vécues au côté d'Alain Delon ont profondément marqué Romy. Au cours de cette période, elle est souvent passée d'un extrême à l'autre sur l'échelle des sentiments. Les émotions romantiques et exaltées le disputaient au désespoir et à l'abattement le plus sombre. Un jour, elle était tellement submergée de bonheur qu'elle ne put résister à son irrépressible envie de combler son entourage de cadeaux. Elle demanda à « Daddy » Blatzheim de lui envoyer une somme supérieure à un million de marks, qu'il devait faire virer depuis la Suisse.

Alain possédait une propriété dans les environs de Paris. Il avait décidé de s'y faire construire une tour où il pourrait travailler sans être dérangé. Enthousiasmée par cette idée, Romy déclara qu'elle était prête à financer la construction. C'était ainsi : lorsque Romy exultait de bonheur, elle avait cette tendance, parfois exubérante, à vouloir couvrir tout le monde de cadeaux, qu'il s'agisse de compagnons, d'amis, d'artistes qu'elle admirait ou encore de sa mère.

Sa liaison avec Delon ne fut jamais ordinaire. Il n'est pas facile de dire aujourd'hui si la jalousie de Romy s'exerçait plus volontiers envers les hommes comme Visconti ou envers les femmes, comme la séduisante Nathalie Barthélemy, qui devait devenir Mme Delon. Une chose est sûre : à leur relation amoureuse succéda une relation amicale tout aussi forte. Amour ou amitié, l'histoire entre Romy et Delon fut celle d'une vie.

Elle toucha au scandale au moment où Romy tournait à Hollywood la comédie *Prête-moi ton mari (Good Neighbour Sam)*, avec Jack Lemmon et Edward G. Robinson. Dès que parvinrent les premiers échos de ses aventures madrilènes, Delon – qui tournait en Espagne – prit encore la peine de sauver les apparences. En lieu d'excuse, il se rendit à Hollywood et attendit Romy dans sa chambre de l'hôtel Beverly Hills. L'effet de surprise fonctionna parfaitement : Romy était heureuse et apaisée.

Le couple fêta la Saint-Sylvestre 1963 en

Europe. Rome les vit ensemble pour la dernière fois. Ils passèrent des jours heureux en Italie, comme si rien ne devait jamais troubler leur bonheur.

Puis Romy regagna Hollywood. Lorsqu'on lui annonça les fiançailles d'Alain avec Nathalie Barthélemy, elle crut d'abord à une rumeur idiote. Elle écrivit à Alain quelques lettres taquines – qui restèrent sans réponse. C'est alors que le doute s'insinua. Elle reçut confirmation de ses soupçons lorsque, un peu plus tard, Georges Beaume – leur ami et agent commun – refusa de lui passer Alain au téléphone. Romy fut foudroyée.

Lorsqu'elle revint à Paris, elle trouva sur une table de l'appartement qu'ils partageaient avenue de Messine un énorme bouquet de fleurs. Au milieu des splendides roses rouges merveilleusement disposées, elle découvrit une petite enveloppe blanche. Quelques lignes de la main d'Alain. Des mots d'adieu, la seule preuve tangible que tout était bien fini.

La liaison avec Delon s'était terminée sans qu'il y eût le moindre face-à-face. Romy en fut profondément affectée et, même si elle réussit par la suite à surmonter cette souffrance, elle ne l'oublia jamais.

Le grand Alain Delon s'était éclipsé...

18

Harry Meyen

Dans sa vie professionnelle comme dans sa vie privée, Romy était perpétuellement en quête d'absolu. Même si elle s'était un jour rendu compte qu'un tel degré de perfection était utopique, elle n'aurait pas abandonné sa quête. Néanmoins, il lui arrivait de se voiler la face. C'est sans doute ce qui se passa au début de l'année 1965, lorsqu'un an après sa séparation d'avec Delon elle rencontra par hasard, à Berlin, celui qui allait devenir peu de temps après son premier mari : Harry Meyen.

Hans Herbert Blatzheim inaugurait le 1er avril 1965 sa nouvelle chaîne de restaurants dans l'Europacenter nouvellement achevé. Romy était alors sous les feux de l'actualité allemande et sa simple présence garantissait un énorme écho à l'événement. Elle fit le voyage en avion depuis Paris et uniquement par amour pour sa mère, car avec Blatzheim elle avait définitivement coupé les ponts. Jusqu'à sa mort, elle resta convaincue qu'il lui avait fait perdre beaucoup d'argent. Consciemment ou non, cela lui était, semble-t-il, égal. Elle ne fut donc pas particulièrement surprise en apprenant, trois ans plus tard, qu'au moment de sa mort, Blatzheim était quasiment ruiné.

Son inauguration berlinoise devait être l'un de ses derniers coups financiers spectaculaires. Dans l'immense centre commercial, non loin de l'église du Souvenir, il avait ouvert un complexe de restaurants internationaux, de cafés et de fast-foods. Romy l'aida à rendre immédiatement célèbre cette chaîne gastronomique. Mieux encore, sans le vouloir, elle attira sur Berlin l'attention de l'ensemble de la presse à sensation allemande.

Un homme très connu et aimé des Berlinois assistait à cet événement : Harry Meyen. Celui-ci dirigeait une production théâtrale sur le Kurfürstendamm, *Barfuß im Park*, et travaillait non loin de là à la mise en scène d'une comédie intitulée *Tausend Clowns*, dans laquelle il jouait aussi un rôle. La production fut unanimement acclamée, mais comme assez peu de gens pouvaient se permettre à l'époque de traverser l'Atlantique pour se rendre à New York, personne ne remarqua que le génial metteur en scène était aussi un plagiaire plus ou moins doué, n'hésitant pas à s'inspirer largement des spectacles qu'il avait vus à Broadway. Seulement un grand homme de théâtre comme Fritz Kortner, lui, n'avait pas besoin de se rendre à New York pour comprendre que Meyen se souciait plus du paraître que de l'être. Meyen réagit intelligemment aux critiques de Kortner. Il déclencha volontairement une controverse contre lui, et bénéficia ainsi de la publicité que lui offraient les gros titres.

Même si Meyen était loin d'avoir l'exigence artistique et le succès de Kortner, ses manières impressionnaient Romy. Dans ses remarques assassines, son arrogance présomptueuse, jusque dans ses silences vaniteux, Romy voyait des marques de supériorité intellectuelle. Il était facile de l'impressionner par ce biais, bien qu'elle-même n'eût pas la moindre raison de se sentir en position d'infériorité. Elle était jeune, séduisante et – contrairement à Meyen – parlait quatre langues avec une perfection telle qu'elle pouvait participer à n'importe quelle conversation. Son entourage parisien – depuis Cocteau jusqu'à l'obstinée Coco Chanel – avait influencé ses goûts et son esprit.

Et cependant, le coup de foudre pour Harry Meyen lui ôta tout discernement quant au personnage. Celui-ci chercha à l'opprimer dès l'instant où ils se rencontrèrent. Il aimait surtout à lui faire sentir combien il lui était intellectuellement supérieur. Romy mit beaucoup de temps à comprendre qu'une telle attitude trahissait plutôt un manque de confiance. Car c'était elle, en fait, qui dominait dans bien des domaines son futur mari – que ce soit par ses connaissances, son intelligence artistique et, bien entendu, son cœur.

Ils passèrent leur première nuit commune dès le soir de leur rencontre. Romy l'invita à l'hôtel Kempinski, où elle était descendue. De quatorze ans son aîné, Meyen faisait manifestement preuve d'un froid calcul. Dès le départ, il traita Romy avec condescendance et se désintéressa totalement de celle qui était encore son épouse, Anneliese Römer. La procédure de divorce étant un peu plus compliquée que ne l'avait imaginé Meyen, celui-ci mit Romy à contribution – financièrement s'entend. On le sait, elle donnait sans compter dès lors que son cœur exultait de bonheur. Or son bonheur était si grand, au début de sa relation avec Harry Meyen, que c'est elle qui finit par payer les frais de son divorce d'avec Anneliese Römer.

Au début de leur histoire, Romy était une jeune femme psychiquement sans défense, ou presque. À vingt-sept ans, son succès professionnel était immense, tant dans les pays de langue allemande – où elle était portée par une sorte de « Sissimania » – qu'au niveau international, où les personnalités les plus exigeantes du monde du cinéma et du théâtre avaient reconnu son extraordinaire talent. Or, cette jeune femme talentueuse et enviée de tous s'était retrouvée publiquement abandonnée. Du jour au lendemain, Alain Delon – considéré à l'époque comme l'un des hommes les plus séduisants de la planète – lui avait fait comprendre qu'il ne voulait plus d'elle. Et Romy, qui tombait toujours la tête la première dans les pièges grossiers tendus par les journalistes, avait avoué au monde entier son désespoir et son découragement. Elle possédait ce don fatal de se dévoiler intimement sans même le vouloir.

Personne ne peut dire s'il eût existé à cette époque un seul homme fait pour Romy. Mais une chose est certaine, ce n'était pas Harry Meyen. Il réussit en effet à la convaincre de ne plus travailler avec Kortner, malgré l'offre exceptionnelle que le grand metteur en scène venait de lui faire : celui-ci voulait monter *Mademoiselle Julie (Fräulein Julie)*, d'August Strindberg, avec Romy dans le rôle principal. Meyen refusa et Romy obéit. Elle comprit plus tard avec beaucoup de regret à quel point cette décision avait été une grossière erreur ! Elle le regretta toujours en tant qu'artiste, sans même parler de la manière désagréable dont cela s'était passé. Car elle n'eut même pas la politesse de signifier son refus, obéissant en cela à son seigneur et maître Meyen qui avait l'audace de se prétendre brouillé avec Kortner. Elle eut par la suite la possibilité de réparer le malentendu sur le plan personnel, dans le prestigieux hôtel Sacher de Vienne, mais la réconciliation ne put rattraper l'occasion si bêtement perdue.

Tandis que Meyen continuait d'opprimer Romy – ce qui n'était pas bien difficile –, celle-ci se consacrait alors presque exclusivement aux affaires de celui-ci. Avec les relations qu'elle entretenait dans les milieux culturels les plus élevés, c'était un jeu d'enfant. C'est ainsi qu'elle intervint auprès de son ami et soutien, Herbert von Karajan, avec qui elle avait enregistré à Londres, en 1956-1957, le *Pierre et le loup* de Prokofiev pour la maison de disques Columbia. Romy vint le trouver après un concert qu'il donnait à Paris au début de l'année 1965. Karajan, qui entretenait avec elle un rapport très intense – mais purement amical, rappelons-le –, usa de toute son influence pour que Harry Meyen soit retenu comme metteur en scène à l'occasion du Festival de Salzbourg, point de mire de la culture artistique européenne. Romy avait décrit son futur mari comme un homme de théâtre et un intellectuel de haute volée, à la fois progressiste et sensible. Karajan – qui était à l'époque directeur artistique du Festival – proposa donc Meyen comme metteur en scène d'une production de l'Europa-Studio montée au Landestheater. Il s'agissait de la création de *Monde und Sonnen*, de Robin Hawdons.

Romy et Meyen logeaient dans la très fastueuse villa Fondachhof à Salzbourg-Parsch. C'est là qu'ils se retiraient après des promenades plus ou moins longues à travers la ville et ses environs. Romy offrait cadeau sur cadeau afin de soutenir le moral de l'artiste. C'est ainsi que Meyen reçut une précieuse montre extraplate Audemar Piguet, en or massif. Mais était-il vraiment en mesure d'apprécier tout cela ?

À l'été 1966, Romy attendait un enfant de Meyen.

Elle loua une villa à Saint-Tropez. Les rôles et devoirs de chacun étaient clairement répartis. Meyen prenait en main les activités intellectuelles, tandis que Romy s'occupait de la maison et organisait les réceptions. Au cours de celles-ci, Meyen avait cependant tendance à s'éclipser discrètement. Ce n'est que bien plus tard – et certainement pas au cours de cet été 1966 – que Romy en comprit la raison : il n'avait pas grand-chose à dire.

Avec Karajan – à qui il devait sa participation au Festival de Salzbourg –, son comportement était différent. Chaque occasion lui était bonne pour se mettre en scène. Il répondait toujours présent aux invitations du maître, que ce soit au restaurant ou à bord de son célèbre bateau. Mais cela ne dura pas. Karajan fut le premier, dans l'entourage immédiat de Romy, à percer Meyen à jour. Dès lors, il lui voua le plus profond mépris. Une humiliation que Meyen fit payer à Romy.

Le 15 juillet 1966, Harry et Romy devinrent M. et Mme Haubenstock. Dans la petite mairie de Saint-Jean-Cap-Ferrat, seuls deux témoins accompagnaient les mariés. Peu après la cérémonie, le couple rejoignit le restaurant Les Hirondelles, une table prestigieuse. De là ils appelèrent Magda Schneider, que Meyen avait eu soin de maintenir à distance. Car la belle-mère tant détestée n'avait cessé de critiquer auprès de Romy l'inévitable gendre, qu'elle trouvait si arrogant et si snob. En vain. Toutes aussi vaines avaient été ses mises en garde lorsque, au début de l'année 1966, Anneliese Römer avait refusé le divorce.

Finalement, Anneliese Römer accepta le divorce, la perspective d'un dédommagement promis par Meyen aidant. Cet argent, comme le rappelait volontiers Magda Schneider, venait de Romy, que Meyen avait su influencer. Les sentiments de l'actrice étaient soumis à une véritable douche écossaise. Tantôt désespérée, elle courait chez sa mère et lui avouait en sanglotant « je crois qu'il ne faut plus que je compte sur Harry ». Tantôt elle exultait au point de rejeter toute ambition personnelle. Elle l'avoua même publiquement, lors d'une interview peu après la naissance de son fils : « Le mariage et la maternité ne peuvent que me faire mûrir. Avant de me marier, avant de devenir mère, je n'étais qu'une petite fille qui cherchait le bonheur. Aujourd'hui, je l'ai trouvé. Je suis une femme heureuse et mon mariage est le plus grand succès de ma vie. Pour moi, il est plus important d'être une mère qu'une actrice. À force de jouer, on s'use et l'on perd la vision de la réalité et des véritables valeurs. »

Romy continua cependant de tourner pendant sa grossesse. *Triple cross,* avec Christopher Plummer, Yul Brynner, Trevor Howard et Gert Fröbe. Meyen – l'homme qui la traitait à longueur de journée de starlette sans cervelle – obtint même un second rôle dans ce film. Grâce à elle, bien sûr.

Magda Schneider – qui ne s'était pas gênée pour rappeler de vive voix à son gendre que Romy n'était pas une domestique – était devenue *persona non grata* dans le foyer Meyen. C'est pourquoi elle n'était pas au côté du tout jeune papa lorsque David vint au monde, le 3 décembre 1966. Le bébé pesait quatre kilogrammes et mesurait cinquante-trois centimètres. Afin de se préserver au maximum des journalistes, Romy avait été admise deux jours avant l'accouchement à l'hôpital Rudolf Virchow de Berlin sous le nom de « Mme Bossy ». La naissance eut lieu dans une chambre individuelle du bloc 9A. À peine David était-il né que Meyen jouait un nouveau tour à Magda ; il l'appela dans sa chambre d'hôtel berlinoise et lui annonça d'un trait : « Je voulais juste t'annoncer la nouvelle : Romy a donné naissance voilà deux heures à un solide garçon. »

Magda n'oublia jamais cette phrase, pas plus que la scène qui s'ensuivit à l'hôpital. Lorsqu'elle se rendit pour la première fois au chevet de sa fille pour la féliciter, elle trouva dans la chambre Harry Meyen et Paul Hubschmid, un proche de la famille. Les deux hommes avaient un verre de champagne à la main et trinquaient à l'heureux événement. Meyen ne songea même pas à servir Magda. Hubschmid pallia ce manque d'éducation en tendant une coupe à Magda, avec qui il but à la santé du nouveau-né.

La mère de Romy était venue seule à Berlin. Elle avait renoncé à se faire accompagner de Hans Herbert Blatzheim depuis que Meyen avait dûment chapitré celui-ci – par écrit dit-on : « Je ne parlerai pas de votre ambition démesurée, qui trouva pleine satisfaction durant les années *Sissi*. Je veux seulement parler de la façon honteuse dont vous avez piloté la carrière de votre belle-fille, et ce dans votre propre intérêt financier. Vous saviez bien entendu parfaitement que le premier conseiller financier venu vous aurait empêché d'injecter les gages de Romy dans votre entreprise Thyrsos au lieu de les placer – comme cela est normalement le cas – en sécurité sur un compte bancaire. »

Cette accusation rendit Blatzheim furieux. Mais ce dont il était réellement question, c'est de la colère d'un être qui fut trompé par un membre de sa propre famille. À la mort de Blatzheim, les avocats chargés de la succession établirent qu'une somme d'à peine un million trois cent mille francs devait être restituée à Romy par la société suisse Thyrsos. Un montant ridicule si l'on tient compte des quelque trente films que Romy avait déjà tournés à cette époque. Une fois résolues toutes les querelles autour de l'héritage, il lui resta à peine soixante pour cent de la somme en question. On ne sut jamais ce qu'il advint du reste.

L'antipathie de Meyen envers la famille de Romy eut plus tard des effets inattendus. Elle se traduisit souvent par un comportement que l'on pourrait au mieux qualifier de crise d'adolescence tardive. C'est ainsi qu'au retour d'un voyage à l'étranger, Meyen refusa catégoriquement de pénétrer dans son appartement berlinois, du moins tant que Magda Schneider n'aurait pas quitté les lieux. C'est ce qui se passa effectivement puisque Magda dut faire ses valises et prendre une chambre d'hôtel.

Avec la naissance de David, Magda venait néanmoins de triompher. Un triomphe silencieux dont elle devait attendre encore quelques années pour profiter. L'influence de Meyen sur Romy diminuait en effet un peu plus chaque jour depuis la venue au monde de l'enfant. Le 3 décembre 1966 avait sonné le glas du tyran

Meyen, mais celui-ci ne s'en rendit pas compte tout de suite.

D'un seul coup, il n'était plus l'homme le plus important dans la vie de Romy. Peu à peu se produisit une lente métamorphose au cours de laquelle il apparut clairement à Romy que son mari avait parfois répondu à son amour aveugle par des brimades et des humiliations publiques.

Il est intéressant d'évoquer à ce propos les observations de l'auteur israélien à succès Ephraïm Kishon, qui avait connu Romy lors de l'un de ses nombreux séjours en Allemagne. Au cours d'un voyage de promotion – Kishon publiait environ un livre par an –, il l'invita à venir lui rendre visite à Tel-Aviv. Romy se sentait très attirée par Israël et ses habitants, ne serait-ce que pour des raisons historiques. C'est ainsi qu'à la fin de l'année 1969, elle tourna sur place le film *Bloomfield*, qui connut d'ailleurs un succès médiocre. Au cours du tournage, alors qu'elle était toujours mariée à Meyen, Romy eut une relation passionnée avec le réalisateur Richard Harris, qui était aussi la vedette du film. Mais revenons à l'année 1967. Lorsque le couple Haubenstock répondit à l'invitation de Kishon à Tel-Aviv, Meyen était déjà sur son déclin. Son humour si caustique se tarissait curieusement en compagnie de personnalités réellement brillantes. Cela, Romy s'en rendait de mieux en mieux compte, et il n'était plus question de prétexter la barrière de la langue.

Il suffisait de mettre Meyen en présence d'un homme de la trempe d'Ephraïm Kishon, qui de toute façon était parfaitement à même de s'exprimer en allemand. Lors des fréquentes visites des époux chez ce dernier, à Afeka, l'élégant quartier résidentiel de Tel-Aviv, même les étrangers purent deviner que le mariage touchait à son terme. Il était tout à fait perceptible que Romy avait désormais pris le dessus dans la relation, et d'une manière très forte. Kishon en a témoigné : « On sentait bien que Meyen faisait encore quelques tentatives insignifiantes pour dominer Romy, mais n'importe quel observateur attentif percevait tout de suite la supériorité écrasante qu'avait déjà acquise Romy. C'est elle qui avait maintenant le dernier mot. »

Dès leur premier séjour en Israël, Kishon s'était fait une idée très précise de Romy. Il voyait en elle une femme « photogéniale », selon son expression, capable de se mettre en scène de telle manière que sa beauté paraisse irréelle, aussi bien sur une photographie que dans un film. Il découvrit aussi qu'elle était insatisfaite : Romy avait – ne fût-ce qu'inconsciemment – coupé les liens qui l'attachaient à Harry Meyen. Elle se sentait désormais attirée par des hommes forts, intelligents, charismatiques. Des battants. Le ministre israélien de la Défense,

Moshe Dayan, était à l'époque ce type d'homme. Romy était très impressionnée par lui. Il l'était également par elle. Ayant appris que Romy Schneider séjournait dans l'État hébreu, il voulut absolument la rencontrer. Sa réputation – nullement usurpée – de séducteur le précédait. Kishon accepta de jouer les entremetteurs. C'est ainsi qu'une voiture officielle avec chauffeur et gardes du corps vint un matin chercher Romy pour la conduire à Jérusalem. Elle ne revint à Tel-Aviv que tard dans la soirée.

Le lendemain, Kishon ne put contenir sa curiosité et lui demanda comment s'était passée la rencontre avec l'homme au célèbre bandeau. Romy répondit très précisément, en un seul mot : « décevante ».

L'écrivain ravala ses questions. Peut-être Dayan – un homme fort mais très attaché à la terre – avait-il produit sur Romy une impression rustique, par trop éloignée des nostalgies intellectuelles et philosophiques qui la préoccupaient ?

Kishon ne lui reparla jamais plus de cette rencontre. Mais quelques années plus tard, il questionna, au cours de l'un de ses nombreux séjours en Allemagne, l'ancien mari de Romy. Visiblement très affecté, Meyen lui répondit seulement : « Romy ? Elle a été ma ruine. » Peut-être y avait-il une parcelle de vérité dans ses propos, mais dans cette histoire, Romy n'était certainement pas la coupable.

Pour Meyen, la situation était désormais sans issue. Le soutien que lui prodiguait Romy par l'entremise de ses relations – ils venaient d'emménager à Hambourg – lui pesait bien plus qu'il ne l'aidait. Son attitude envers son épouse lui avait par ailleurs valu quelques puissantes inimitiés de la part de ceux qui aimaient Romy et la respectaient en tant qu'artiste. Ceux-là en détestaient d'autant Meyen et ses airs hautains. Herbert von Karajan faisait partie de ces amis. Il n'avait pas du tout apprécié le traitement que Meyen infligeait à sa femme. Et ce grand chef d'orchestre avait la rancune tenace. C'est ainsi qu'un soir Magda Schneider, qui se trouvait dans sa maison de Schönau, reçut un appel téléphonique d'André von Mattoni, le secrétaire particulier de Karajan. C'était après la première de *Tannhäuser* à l'opéra national de Hambourg. Mattoni s'appliqua avec force délectation à littéralement détruire la mise en scène de Harry Meyen. À Hambourg, Romy avait fait intervenir ses relations auprès de Rolf Liebermann pour faire attribuer à son époux la mise en scène de deux opéras : *Le Barbier de Séville* et *Tannhäuser*. Ces productions connurent un échec retentissant, tant auprès du public que des critiques.

La scène avait été l'un des derniers bastions où avait trouvé à s'exercer la prétendue supériorité intellectuelle de Meyen. Mais il était clair qu'il subissait désormais échec sur échec. Même son interprétation du professeur Higgins dans

My Fair Lady qu'il donnait à Hambourg ne rencontra aucun succès – bien qu'il eût été taillé pour le rôle. C'est ainsi que soudain s'étiola la puissance destructrice des remarques désobligeantes dont Meyen abreuvait constamment Romy.

Les déplacements – de plus en plus fréquents – qui amenaient Romy à Paris portèrent le coup de grâce à son amour-propre. Lors des nombreuses soirées dans les cafés en vogue, en compagnie de figures du cénacle parisien aussi emblématiques que Françoise Sagan, Jean Cocteau, Michel Piccoli, Juliette Gréco ou Yves Montand, Meyen faisait l'effet d'un corps étranger. On y riait, on ironisait et l'on jugeait tout à la fois Dieu et le monde. Seul le mari de Romy restait silencieux, ne comprenant pas un traître mot à la discussion. Plus celle-ci s'animait, plus Romy négligeait ses devoirs d'interprète. Le mutisme permanent de Meyen et sa présence assidue au côté de Romy lui valurent bientôt le surnom de « Monsieur Schneider ». Un sobriquet qui lui alla certainement « droit au cœur », comme une pointe d'acier chauffée à blanc.

C'est à cette époque que mourut soudainement Wolf Albach-Retty, le père de Romy, trois semaines après la visite de sa fille à Vienne, où elle avait passé quatre jours à son chevet. Car malgré la distance qui les séparait géographiquement, Romy n'avait cessé d'entretenir une relation pour ainsi dire maniaque avec l'ancien mari de sa mère. Elle ressentait le fait d'avoir pu vivre jusqu'au bout cette relation, et de façon satisfaisante, comme l'une des rares choses positives qui lui soient arrivées dans la vie. Ces quatre jours leur avaient donné à tous deux l'occasion d'évoquer presque une vie entière. Par la suite, Romy parla toujours du vieil homme avec beaucoup de tendresse. Elle évoquait leurs dernières rencontres, la discipline énorme qu'il s'imposait.

Le jour de son premier infarctus au théâtre de l'Académie, où il donnait une représentation, il avait tenu – par sens du devoir artistique – à jouer la pièce jusqu'au bout avant d'accepter d'être conduit à l'hôpital. Lorsque – après son deuxième infarctus – Romy allait lui rendre visite, le rituel était immuable. Elle s'en souvenait toujours avec un sourire et beaucoup d'émotion : « Je ne devais pas entrer tout de suite. Dès qu'on avait annoncé ma visite, il se lavait, se coiffait et enfilait un pyjama propre avant de me recevoir dans sa chambre, droit comme un I. En le voyant comme ça, assis dans son lit, je ne savais pas si je devais rire ou pleurer. »

Lors des obsèques, où Romy était accompagnée de Harry Meyen, la pression des médias fut telle qu'elle en reçut un choc indélébile.

Douze ans plus tard, quand l'actrice Rosa Albach-Retty, sa grand-mère, mourut à l'âge biblique de cent cinq ans, Romy renonça à se rendre à Vienne pour l'enterrement. Mais elle vint se recueillir seule et incognito sur sa tombe quelques jours plus tard.

Arriva l'été 1968. Les médias se perdirent en conjectures devant l'ampleur de l'événement : Romy retrouvait l'amour de sa vie. Alain Delon était son partenaire dans le film *La Piscine.*

Mais pendant que débutait le tournage, une tragédie se jouait en silence. Celle de Harry Meyen. Le mari de Romy s'était mis à boire. Associé aux médicaments qu'il prenait pour ses maux de tête, l'alcool devait lui être fatal. D'abord fatal à son mariage, puis finalement à son existence.

19

« La Piscine »

L'héroïne de *La Piscine* aux côtés d'Alain Delon devait initialement être Monica Vitti. Mais au dernier moment, Delon fit pression pour avoir Romy comme partenaire. Auparavant, il l'avait appelée à Berlin.

Delon n'eut aucun effort à faire pour la convaincre. À peine le combiné raccroché, Romy poussa un long cri strident. Elle était heureuse.

On a trouvé toutes sortes de raisons pour expliquer la quasi-absence de Harry Meyen sur le plateau de *La Piscine*. Le père de David avait certes accompagné son fils à Saint-Tropez pendant quelques jours, mais c'était bel et bien en solo que Romy passait la plupart de ses journées en cet été finissant de 1968. Elle découvrait alors ce que l'on pourrait appeler par un jeu de mots facile « la nage libre » des sentiments. Une véritable libération émotionnelle, dans laquelle Delon ne jouait qu'un second rôle. Car le désir que Romy avait autrefois éprouvé pour celui qui fut l'homme de sa vie appartenait désormais au passé. Un nouveau sentiment était apparu, basé sur une force commune et une amitié inébranlable. Peu à peu, Delon devint un véritable soutien dans la vie de Romy, et cette confiance mutuelle se renforça encore avec le temps.

Avec le recul, Romy porta toujours le même jugement sur *La Piscine* : « Je suis tellement reconnaissante envers Alain depuis que nous avons de nouveau tourné ensemble dans le sud de la France. Je lui dois mon retour au cinéma. Après la naissance de David, personne ne semblait plus s'intéresser à moi. S'il n'y avait pas eu Alain pour penser à moi, cela aurait été la fin de ma carrière. Grâce à lui, j'en entame une nouvelle. »

Quoi qu'il en soit, les retrouvailles de Romy et d'Alain furent une véritable aubaine pour les médias. Une cohorte de photographes et de reporters se pressait ce jour-là sur l'aéroport de Nice. Dès le lendemain, le film reçut l'écho approprié, alors même que le tournage n'avait pas encore commencé. En effet, Delon avait accueilli Romy publiquement en la serrant dans ses bras, comme si rien ne les avait jamais séparés. Cela faisait l'affaire de tous.

La Piscine est un film clé dans la carrière de Romy. Il suffit pour s'en convaincre de donner la parole à Jacques Deray lui-même, ainsi qu'à quelques grandes voix de la presse spécialisée :

Alain était mon point de départ. Après seulement, j'ai cherché la femme qu'il lui fallait. Elle devait le dominer légèrement, être la plus mûre moralement. Il la fascine, elle l'analyse... J'en parlai à Alain et soudain, comme si nous sortions enfin du brouillard, s'imposa le nom de la seule partenaire possible : Romy Schneider. Je pouvais tirer parti de leur passé commun. Leur complicité serait d'autant plus naturelle. Ce que je veux, c'est un vrai couple, un homme et une femme qui se connaissent parfaitement et savent exactement tout ce dont l'autre est capable...

Jacques DERAY

Ici et là transparaît déjà l'image qui sera désormais la sienne : celle d'une jeune femme moderne dont la poésie envahit le quotidien.

Ciné Monde, 1968

Romy Schneider apparaît doublement souveraine dans son été resplendissant.

Télé 7 Jours, 1968

Au bord d'une piscine, dans une luxueuse propriété tropézienne, quatre personnages s'épient, se font des coups en traître et se font du mal. Une histoire qui se termine par un meurtre. Romy Schneider signe ici un retour remarqué. Son jeu est époustouflant. Elle domine avec légèreté ses deux partenaires masculins, aussi bons l'un que l'autre, qu'il s'agisse d'Alain Delon – plus ténébreux que jamais – ou de Maurice Ronet, qui atteint au summum de son mordant.

Les Lettres françaises, 5 février 1969

Des images dont on se délecte. Romy Schneider et Alain Delon plongent, écument, jouent des jeux érotiques dans les reflets d'une piscine azur. Romy Schneider est une actrice étonnamment douée. Elle est séduisante et en joue. Mais elle sait aussi jouer les confidentes, parle un français d'une douceur charmante et sait exprimer avec délicatesse toute la palette des émotions. Il y a de quoi s'étonner. Le mauvais goût porté à l'écran avec un extrême souci du bon goût. Tout Paris accourt, nous dit-on, pour voir ce film lumineux de Jacques Deray. Cette histoire à l'eau de rose le mérite bien.

Die Welt, 10 mai 1969

20

Claude Sautet

La rencontre avec le réalisateur Claude Sautet marque un autre tournant dans la vie de Romy. Elle se produisit au moment où celle-ci entreprenait de reconstruire entièrement sa vie. Ensemble, ils réussirent en 1969 l'un des films les plus beaux et les plus émouvants de sa carrière : *Les Choses de la vie.* Michel Piccoli, le partenaire favori de Romy, apparaissait à ses côtés dans cette adaptation du roman de Paul Guimard. Tiré d'une œuvre à l'écriture simple, mais pleine d'une véritable profondeur philosophique, ce film est un petit bijou.

Il arriva à temps pour faire oublier l'échec retentissant de *L'Inceste (My Lover, My Son)* que Romy venait de tourner en Angleterre. La notoriété cinématographique de Romy était déjà telle en 1969 que l'actrice avait été ménagée par la critique française, qui la vénérait. Son charisme extraordinaire lui épargnait toutes les controverses. Claude Sautet y était lui aussi sensible depuis longtemps. Leur relation devait d'ailleurs dépasser le simple cadre professionnel.

Sautet aimait Romy comme une sœur. Aujourd'hui encore, je suis pris de remords en pensant que leurs rapports devaient quelque peu se détériorer par ma faute. C'était vers la fin des années soixante-dix. J'avais écrit un scénario qui plaisait à Sautet et à Romy. Pour m'être agréable, Romy voulut absolument jouer dans ce film. Mais aucun des personnages du scénario ne pouvait lui convenir. Claude était un ami bien trop intègre pour laisser Romy faire fausse route. S'ensuivit une série de malentendus, qui provoquèrent une brouille entre Romy et Claude. Il leur fallut beaucoup de temps pour se retrouver.

Quoi qu'il en soit, dans *Les Choses de la vie*, Romy interprète le rôle de la maîtresse d'un architecte victime d'un accident de la route. Gravement blessé, celui-ci voit les épisodes de sa vie défiler devant ses yeux, quelques minutes avant sa mort. Emprisonné dans son Alfa Romeo après une série de tonneaux, il entrevoit ce qui a réellement compté pour lui et ce qui ne fut qu'illusion. Servi par deux interprètes exceptionnels, ce film magnifique a, selon moi, influé plus tard sur la pensée de Romy. « Peu importe qu'un homme soit riche ou pauvre, répétait-elle souvent, qu'il soit célèbre ou inconnu ; car pour les choses importantes de la vie, tous sont égaux. Tout le monde ressent la même joie ou la même tristesse. Tout le monde apprécie la beauté et déteste la laideur avec la même force. »

Oui, je pense que Romy a acquis cette sagesse au cours de son premier tournage avec Sautet. Car il me semble évident que ces pensées résultent des longues nuits de discussions qui se poursuivirent bien après les prises et bien au-delà du contenu du script.

Sautet traitait chacun sur le plateau comme un membre de sa famille – qu'il s'agisse de la maquilleuse ou des machinistes, de l'assistant réalisateur ou des électriciens. Il n'est donc pas surprenant que l'atmosphère sur le tournage de ses films – Sautet et Romy en feraient quatre autres – ait toujours été particulièrement chaleureuse.

Dans une interview qu'elle accorda peu avant la sortie de ce premier film, Romy déclarait d'ailleurs : « Claude Sautet et moi avons une confiance absolue l'un envers l'autre. Depuis *Les Choses de la vie*, nous nous apprécions de plus en plus. J'ai travaillé avec des réalisateurs très connus et pourtant, cette confiance-là m'a plus profondément touchée, pour toutes les "choses de la vie" que nous avons partagées. J'aimerais que notre amitié ne change pas, qu'elle demeure toujours la même qu'aujourd'hui. J'aimerais ne jamais changer moi-même. Claude m'a appris le véritable sens de la vie – il m'a aidée à comprendre des choses sur moi. »

Romy tourna trois autres films – d'un intérêt mineur – avant de revenir devant la caméra de Claude Sautet : *Qui ?* mais aussi *Bloomfield* et *La Califfa*, tous deux marqués par une aventure turbulente...

En réalité, ces liaisons tumultueuses masquaient une folle tentative – quelque peu désespérée – de découvrir un havre de paix. Il se passa encore quelques mois avant qu'elle y parvienne, période au cours de laquelle Romy joua dans *Max et les ferrailleurs*, sous la direction de Claude Sautet, puis dans *L'Assassinat de Trotski* – que Joseph Losey filma au Mexique avec Alain Delon.

*
**

Le choix de s'installer définitivement à Paris avec David n'était pas le fruit du hasard. Aucune ville ne la fascinait en effet autant que la capitale française. D'une part à cause des souvenirs qui y étaient rattachés et que sa mémoire sublimait au point d'en conserver uniquement les meilleurs moments. D'autre part, à cause de l'existence insouciante qu'elle pouvait y mener de temps en temps. C'était en tout cas une vie bien plus insouciante et libre que tout ce qu'elle aurait pu espérer dans un pays germanique. C'est à cette époque que nos chemins se croisèrent pour la première fois.

Très vite après mon entrée dans l'appartement de Neuilly, je compris que Romy venait de rompre définitivement avec le père de son fils. Mais elle n'avait pas complètement coupé le contact avec lui. Elle aimait trop David et tenait à lui éviter toute souffrance supplémentaire – suffisamment perturbé qu'il était par la séparation. Elle échangeait donc avec Meyen de courts propos portant uniquement sur David, et n'empêchait jamais son fils de se rendre à Hambourg pour voir son père lorsque ce n'était pas l'inverse. Mais, de la part de Romy, la plus grande froideur était toujours de mise. Je n'en compris les raisons que peu à peu, au cours des années suivantes, et surtout lors de nos premières nuits à Saint-Tropez, à l'écoute des récits parfois abominables que Romy me fit.

21

Un homme à ses côtés

David passa le mois de juillet 1974 chez son père à Hambourg. Romy ne m'avait rien caché de sa situation et elle savait pratiquement tout de moi.

Les journées se succédaient dans la plus parfaite harmonie. Nous nous levions tard et, après un petit déjeuner léger, nous dirigions vers le port. Je préparais le bateau et nous appareillions en trombe. Une fois parvenus au large, nous nous baignions ou nous gorgions de soleil, ne nous restaurant que rarement. Mais je ne me souviens pas avoir jamais ressenti la faim au cours de ces journées.

Le soir, nous repassions à la maison pour nous doucher et nous changer – nous choisissions des vêtements légers et décontractés, parfaitement adaptés à la saison –, avant d'aller dîner chez Picolette, qui ne manquait jamais de nous réserver la table la plus discrète de son établissement. Nous rentrions relativement tôt – si l'on considère les critères de la jet-set tropézienne – et faisions la grasse matinée. Ce régime dura trois semaines. Trois semaines pendant lesquelles nous ne nous demandions pas ce qu'il adviendrait de notre relation lorsque finirait ce bel été. Nous laissions parler nos sentiments. Rien de plus.

Quand je raccompagnai Romy à l'aéroport de Nice, à l'issue de ces vacances, j'étais convaincu de vivre la fin de notre histoire. Je n'avais aucun espoir que cette romance puisse se poursuivre à Paris. D'ailleurs pas un instant nous n'échangeâmes le moindre mot quant à d'éventuelles retrouvailles. Romy s'envola pour la Grèce où elle allait rejoindre David, qui séjournait chez son amie et compatriote Christiane Höllger. Elle avait l'intention de passer tout le mois d'août en leur compagnie.

Tandis que Romy montait dans l'avion, je ressentis un peu de mélancolie. Et sur la route qui me ramenait à Saint-Tropez, je n'imaginai pas un instant que notre liaison puisse avoir un avenir. Sans compter qu'avec mes vingt-quatre ans, je ne me souciais pas tellement du lendemain. Ces trois semaines s'étaient d'ailleurs écoulées bien trop vite et de manière trop inattendue. Je n'avais pas eu le temps de prendre du recul et de réfléchir à ce qui nous était arrivé.

Mais une pensée me rassurait : je me sentais désormais une responsabilité dans l'existence de Romy, cette femme si séduisante et universellement admirée. Comme un ami, je me sentais responsable de cette famille – et de David en particulier. Pour autant, encore une fois, je ne pensais pas une seconde à poursuivre la relation sur un plan intime. J'avais quitté la maison qu'avait louée Romy et réussi à convaincre mes parents de me laisser la *Danycha* quelques jours de plus. Ainsi, avant de regagner Paris fin août, je passai la plupart de mes journées en mer.

Romy m'avait fait prévenir depuis la Grèce de l'heure exacte de son arrivée. Je vins l'accueillir à l'aéroport d'Orly. Elle était seule. David faisait un petit détour par l'Allemagne. Il ne reviendrait que deux jours plus tard.

Nos retrouvailles furent joyeuses et amicales. Comme nous atteignions la rue Berlioz, Romy se mit à évoquer avec une tendre ironie les beaux jours à Saint-Tropez. Je compris tout à coup qu'elle avait dû ressentir la même mélancolie teintée de tendresse que celle qui m'avait étreint après son départ. Par une simple allusion, souvent même un mot, elle paraissait vouloir éveiller un à un ces souvenirs d'été. Quant à moi, je commençais à redécouvrir chacun de ces traits qui me plaisaient tant en elle. Je retombais amoureux de ses yeux resplendissants, de son teint mat, de sa bouche magnifique, de son rire, de son accent ravissant. J'acquiesçai en silence lorsqu'elle me demanda si je voulais bien l'accompagner pour dîner. Je l'ai prise par la main et, ensemble, nous avons quitté l'appartement.

Nous dînâmes à l'Orangerie. Personne, pas même Jean-Claude Brialy – pourtant si sensible et attentif –, ne remarqua que nous étions amants.

Après le dîner, nous regagnâmes la rue Berlioz et passâmes la nuit ensemble.

Même si nous formions désormais un couple, nous préservions les apparences et, vis-à-vis de l'extérieur, rien n'avait changé dans nos rapports, qui duraient depuis bientôt deux ans. Romy était la star et j'étais son secrétaire particulier, celui qui s'occupait de tout, depuis les billets d'avion jusqu'à la scolarité de David. Je passais la plupart de mes nuits dans mon petit appartement. Personne ne soupçonnait autre chose. C'eût d'ailleurs été bien difficile, car mon travail supposait une certaine proximité avec Romy. Et jamais nous ne laissions s'exprimer nos véritables sentiments, du moins en public.

Je pense que j'aurais pu continuer à vivre comme cela pendant un certain temps. Mais curieusement, après deux mois de cachotteries, Romy en eut assez. Elle avait réservé deux places pour la première d'un film où étaient attendus des invités de marque. « Si tu veux, me dit-elle, nous pouvons y aller ensemble. Pour quelle raison serions-nous obligés de garder notre liaison secrète ? »

Je réfléchis un instant, puis répondis calmement : « Tu as raison. Et même si cela dérange quelqu'un, ça nous est parfaitement égal. »

Comme nous quittions l'appartement ce soir-là, j'aperçus David à la fenêtre. Il nous observait et souriait doucement. Je dois avouer que cet instant est gravé à jamais dans ma mémoire.

Le film – je crois bien qu'il s'agissait d'un documentaire sur Hollywood – fit moins l'événement que la soirée de gala qui s'ensuivit, au cours de laquelle on apprit qui accompagnait officiellement Romy.

La presse à scandale se confondit en spéculations sur ma personne. Les avis exprimés étaient parfois sans commune mesure avec la réalité. En particulier lorsqu'ils émanaient de ceux qui faisaient partie de nos proches. Les autres attendaient de voir ce qu'il adviendrait de notre histoire.

David était le seul à ne pas avoir été mis dans la confidence, bien qu'il se doutât de quelque chose. Nous essayions de nous comporter discrètement devant lui, car Romy n'était pas certaine de sa réaction. Il continuait en effet de voir plus ou moins régulièrement son père à Hambourg. Je passais ainsi toujours l'essentiel de mes nuits dans mon appartement de l'avenue Bugeaud, afin de ménager David. Et lorsque je passais la nuit chez Romy, nous prenions toujours soin de fermer la porte à clé.

Un soir, toutefois, nous avions négligé de prendre cette précaution. J'avais raccompagné Romy chez elle et il était déjà très tard. Je restai donc près d'elle. Le matin, peu avant d'aller à l'école, David frappa à la porte et entra dans la chambre de sa mère. Il voulait l'embrasser avant son départ. Soudain il aperçut une forme dans la pénombre, allongée près de Romy. Il eut un mouvement de surprise, puis souleva la couverture. Lorsqu'il vit mon visage, il sourit, rassuré. Il dit seulement : « Ah c'est toi, Daniel. » Alors il m'embrassa aussi et s'en alla.

Dès cet instant, David n'a jamais remis en question le fait que je sois le nouvel homme dans la vie de sa mère. Il a simplement intégré cette information, et je pense pouvoir affirmer qu'il l'a fait avec grand plaisir. Le bonheur de sa mère est essentiel pour un enfant, surtout un enfant comme David. Sitôt qu'il comprit que Romy était heureuse, il n'éprouva même pas le besoin de la questionner à ce sujet.

Résultat, nous appréciions simplement chaque jour qui passait, sans rien planifier. Nous ne pensions même pas à ce qui nous arriverait le lendemain, la semaine suivante.

Durant tout l'automne de cette année-là, Romy se sentit très bien. Au point d'accepter quelque chose qu'elle redoutait en temps normal comme le diable l'eau bénite : elle apparut publiquement en Allemagne dans un de ces talk-shows qui fleurissent aujourd'hui. Elle était l'invitée de Dietmar Schönherr, un acteur et un présentateur de télévision que de toute évidence elle appréciait beaucoup. L'autre invité était un ancien braqueur de banques qui connaissait son heure de gloire en Allemagne, Burkhard Driest. De son vrai métier, il était acteur et réalisateur. En prison, il avait écrit un roman censé expliquer sa révolte contre la société et l'ordre établi, un thème qui ne pouvait laisser Romy indifférente. Il était assis devant les caméras, très décontracté, en jean, T-shirt et veste de cuir. Cette décontraction si peu conventionnelle dans un pays si strict – et où la télévision se montrait si peu fantaisiste – plut à Romy au point qu'elle se laissa un peu aller elle aussi.

Devant les médias, elle était en principe fermée comme une huître, sauf quand il s'agissait d'assurer la promotion d'un film. Son éloge de ce provocateur iconoclaste issu du milieu conservateur déclencha donc dès le lendemain une vague d'intérêt de la part de la presse à sensation, qui laissa libre cours à son imagination débordante. On interpréta ses paroles (« Vous me plaisez même beaucoup ! ») comme une invitation déguisée adressée à l'ancien bandit, et l'on se perdit en conjectures qui se traduisirent par des titres tels que « Le braqueur et la star ».

En réalité, la soirée qui suivit l'émission s'était terminée de façon on ne peut plus banale. Romy passa la nuit seule dans un luxueux hôtel de Düsseldorf. Quant à Driest, il devait rejoindre le soir même une autre ville.

22

« Je veux un enfant »

Romy et David étaient heureux. Je l'étais aussi. Les jours s'écoulaient, et aucun de nous trois n'aurait pu supposer un seul instant ce qui allait nous arriver. Personne ne parlait de mariage, et encore moins d'enfants.

Une vie idyllique. Excepté sur le plan professionnel. Romy tournait avec un réalisateur avec qui elle avait toujours souhaité travailler et dont, sans l'avoir rencontré, elle était une fervente admiratrice : Claude Chabrol. Or Romy vécut le tournage des *Innocents aux mains sales* comme un fiasco. Romy aimait les réalisateurs qui dirigeaient réellement les acteurs. Or Chabrol lui paraissait, selon ses propres propos, « absent et indolent ». Lors du tournage aux côtés de Rod Steiger, Paolo Guisti, Jean Rochefort et l'Allemand Hans Christian Blech, Chabrol semblait ailleurs. Il avait convoqué les acteurs avant le tournage pour leur exposer ses intentions, et partait donc du principe que chacun connaissait son texte et avait parfaitement compris ce qu'on attendait de lui. Il avait emporté un échiquier sur le plateau et visiblement son jeu l'intéressait plus que celui des comédiens devant la caméra. Romy était furieuse. Chaque fois que je venais la chercher sur le plateau dans sa Mini Cooper – ma Porsche venait de rendre l'âme et, fou de rage, je l'avais abandonnée chez le garagiste –, Romy se mettait en colère. Car le courant ne passait pas mieux avec Rod Steiger, la star hollywoodienne. Tout le spectacle que celui-ci suscitait autour de sa personne lui paraissait profondément répugnant.

Sa colère ne se dissipa que lors des fêtes de Noël que nous passâmes ensemble, chez sa mère, à Berchtesgaden : la Saint-Sylvestre 1974 fut un moment de bonheur et de parfaite harmonie.

⁂

Officiellement, durant l'année 1975, j'étais toujours l'employé de Romy et percevais un maigre salaire. En mars devait débuter le tournage du *Vieux Fusil.* Romy était habituellement un modèle de ponctualité, de discipline et de fiabilité. Mais en ce 1er mars, quinze minutes après l'heure de rendez-vous prévue, elle n'était toujours pas apparue. L'équipe commençait à s'impatienter. J'avais dormi avenue Bugeaud afin de ne pas déconcentrer inutilement Romy. Car le premier jour d'un tournage était toujours le plus difficile pour elle.

Le producteur lui avait fait envoyer une voiture rue Berlioz, dans laquelle elle était bel et bien montée. Mais où était-elle donc passée ? Voilà la question que tout le monde s'obstinait à me poser – Philippe Noiret, l'acteur principal, Robert Enrico, le réalisateur, ainsi que les cameramen et les gens de la production.

Mais je n'avais aucune idée de la réponse.

Elle arriva sur le plateau avec deux heures de retard. Elle salua très chaleureusement toute l'équipe, sans même penser à fournir la moindre explication quant à son attitude. Elle devait s'excuser seulement auprès de Philippe Noiret, qu'elle appréciait particulièrement, et qui avait été très contrarié par ce retard en apparence injustifié, en lui apportant un petit cadeau quelques jours après.

Dès son arrivée, Romy m'emmena dans sa loge. Elle ferma la porte et me sourit, détendue. Elle attendit d'abord de savoir ce que j'avais à lui dire. Comme je lui posais enfin la question : « Mais où étais-tu donc ? », elle me répondit brièvement, en trois phrases :

– J'étais chez le médecin. C'est décidé. Je veux un enfant.

C'était aussi simple que ça. Clair et net.

Romy était une personne qui prenait toujours ses décisions seule. Cela n'allait pas sans quelques surprises, mais c'était une qualité qui la rendait encore plus séduisante. Je dois dire que cet aveu m'a quelque peu pris au dépourvu, mais je fis en sorte de n'en rien laisser paraître.

– Si tel est ton souhait, lui répondis-je détendu, alors c'est bien. Nous verrons ce que l'avenir nous réserve.

Ce n'était pas une réponse très judicieuse. Mais elle correspondait assez à ma vision fataliste de l'existence, une vision qui n'a guère changé jusqu'à ce jour.

Néanmoins, j'étais tiraillé entre différents sentiments antagonistes. Je dois avouer que j'étais très flatté mais que cette décision, à laquelle je n'avais pas participé, me plaçait soudain devant une forme particulière de responsabilités. En prenant tout à coup conscience de cela, j'éprouvai quelque incertitude. En outre, la réponse impulsive de Romy à ma question, « Pourquoi un enfant ? », ne me satisfaisait pas complètement. Elle s'était contentée de rétorquer, laconique : « Parce que je l'ai décidé ! »

Trois mois après, nous nous retrouvions à Ramatuelle. Ce furent de longues vacances d'été, parfaitement détendues. J'avais loué un mas à partir du 15 juin – elle en rêvait depuis qu'elle était toute petite. Deux ans plus tard, nous allions nous offrir un mas vraiment à nous, que Romy fit aménager selon ses souhaits, et qui allait devenir notre résidence principale. En attendant, David nous accompagnait, tout en entrecoupant ce séjour dans le sud de la France par un voyage de trois semaines en Allemagne, pour rendre visite à son père.

Romy avait enfin réglé son histoire avec Harry Meyen. Elle avait décidé de divorcer, même si cela devait se traduire pour elle par un douloureux sacrifice financier. « Je suis trop fatiguée pour continuer à me battre, disait-elle, alors je vais racheter ma liberté. » C'est ainsi que, au début du mois de septembre 1975, s'accomplirent les dernières formalités juridiques à Munich.

« Pourquoi, se demande l'un des si nombreux biographes à s'être emparés du mythe de Romy pour en faire un objet de profit, pourquoi cette femme tombe-t-elle comme une gamine sous le charme de Biasini, de onze ans plus jeune qu'elle ? Pourquoi ne parvient-elle pas à comprendre qu'il s'agit d'un jeu, et que même si elle y occupe le premier rôle, ce rôle est aussi celui de la victime ? » Qui pose trop de questions est condamné à errer dans le doute, voilà tout ce que je puis répondre à cet homme. Je veux du moins croire qu'il était de bonne foi et n'a pas uniquement succombé au plaisir de relayer des informations tendancieuses. L'auteur, un journaliste, se targuait pourtant d'avoir été un proche ami de Romy. Dix ans après la mort de mon ex-femme, il pouvait le prétendre en toute impunité. À ma connaissance, il l'avait seulement rencontrée une fois, lors d'une longue interview en Bretagne. J'appris plus tard qu'on n'avait pas hésité, lors de cette sinistre soirée, à employer contre Romy la plus vieille arme du monde, une bonne bouteille servie sans scrupules. Le résultat fut à la hauteur du procédé : anesthésiée par l'alcool, Romy finit par accepter, dans cette auberge de bord de mer, une valse grotesque, ridicule, en compagnie d'un pêcheur du cru. Bien entendu, on ne manqua pas d'immortaliser la scène étrange, car cela pouvait toujours servir !

L'ennui est que le lendemain, épuisée par cette nuit de bombance, Romy trébucha pendant les prises de vues sur un rocher glissant et se brisa la jambe. Et là, il n'y eut plus personne pour photographier la scène, forcément moins racoleuse.

Quoi qu'il en soit, le journaliste instigateur de cette malencontreuse mise en scène pose la question de savoir comment Romy Schneider fut capable de succomber au charme d'un Daniel Biasini. Mais quelle gifle, quelle insulte à un être de la qualité de Romy, qui plus est de la part de quelqu'un se prétendant son ami !

Ou bien cet individu pense-t-il sérieusement qu'une femme de la trempe et de la beauté de

Romy, une femme de trente-cinq ans à la carrière internationale brillante, la mère d'un garçon de neuf ans, ait pu se laisser mener par le bout du nez par un garçon âgé seulement de vingt-quatre ans ? Une thèse ridicule, sur laquelle je n'ai rien à ajouter.

Je tiens en outre ici à infirmer la rumeur selon laquelle Romy se serait enivrée sans aucune retenue au bar d'un hôtel munichois, le soir de son divorce d'avec Harry Meyen. On aura toute raison de penser que ma version est la bonne. Après le divorce, Romy regagna immédiatement le sud de la France. David resta à Ramatuelle et nous rejoignîmes la *Danycha*, à bord de laquelle nous fîmes route vers la Corse. La traversée fut calme, du moins en ce qui concernait les conditions météorologiques. À bord, l'atmosphère était sensiblement plus déchaînée. Romy paraissait incroyablement libre. Nous passâmes la journée à faire des blagues et j'eus l'impression qu'elle était en train de se libérer d'un poids immense.

Romy adorait par-dessus tout rire. Même si cela n'apparaît clairement dans presque aucune de ses biographies, je le répète encore une fois : Romy était un être joyeux et débordant d'humour. Mais, bien sûr, la tragédie se vend beaucoup mieux.

Nous jetâmes l'ancre à Calvi. À peine à terre,

Romy se mit en quête de la première cabine téléphonique venue. Elle prit juste le temps d'échanger quelques billets contre de la monnaie et repartit avec une poignée de pièces. Une fois dans la cabine – avec vue sur le quai et le phare – elle composa le numéro de Visconti à Rome. Romy avait reçu quelques jours plus tôt un message laconique par lequel il lui demandait simplement de le rappeler. Après deux ou trois phrases échangées dans un indescriptible sabir d'anglais, de français et d'italien, Visconti alla droit au but : « Romina, lui dit-il, j'ai besoin de toi pour un film que nous allons tourner vers la fin de l'année avec Alain Delon. » Sans même un mot d'intérêt pour le projet, Romy lui répondit : « Maître, tu sais bien que je ferais n'importe quoi pour toi. Mais cette fois c'est impossible. J'attends un enfant, je suis enceinte. »

Je fus soudain l'homme le plus heureux du monde. J'avais tout entendu et je compris alors ce que signifiait être aimé. Romy venait de m'offrir la deuxième preuve de son amour, la première ayant été le jour où elle avait décidé – avec son obstination habituelle – d'avoir un enfant de moi.

Mais tout le monde en cet instant ne fut pas aussi heureux. Tandis que je me tenais près de Romy, dans la cabine, je perçus très nettement – en cet après-midi corse – un froid s'insinuer sur la ligne Rome-Calvi.

De fait, Visconti réagit violemment. « Il y a des moments pour faire des enfants et d'autres pour faire des films. C'est le moment de faire un film », lança-t-il.

Soudain, le visage de Romy se pétrifia. D'un ton glacial, elle lui répondit : « Non, c'est seulement le moment de faire un enfant. » Puis, après avoir mis fin à la conversation par une formule de politesse très convenue, elle se tourna vers moi. « Je n'en suis pas encore sûre à cent pour cent, m'expliqua-t-elle, mais j'ai l'intuition que je suis enceinte. »

Après une semaine en mer, nous gagnâmes Saint-Tropez. Une fois à Paris, Romy alla consulter un médecin. Lorsqu'elle revint à la maison, elle me dit très calmement : « J'avais raison. Je suis enceinte. »

23

Mariage à Berlin

J'ai pu observer que l'état de grossesse entraîne des modifications du comportement fort différentes d'une femme à l'autre : certaines deviennent simplement nerveuses, d'autres hypersensibles, voire agressives. Romy n'était rien de tout cela. Elle était comme dans une bulle, coupée du monde, et s'était muée en un être resplendissant de bonheur et de calme. La grossesse l'avait-elle à ce point transformée ? Toujours est-il que la Romy dont je partageais l'existence au cours de l'automne 1975 était bien différente de celle, plus réservée et prudente, que décrivaient les étrangers qui l'avaient connue avant cet heureux temps. Certes, elle vivait retirée et en paix avec elle-même, mais elle était incroyablement ouverte aux autres et semblait en parfaite harmonie avec le monde. La métamorphose radicale de cette artiste qui, peu auparavant, paraissait comme enchaînée par son métier était véritablement incroyable. Comme par enchantement, toute la tension qui l'habitait s'était envolée.

Romy réfléchit énormément pendant cette période. Elle restait souvent là, blottie pendant de longues minutes, les mains jointes autour des genoux, les yeux perdus dans l'infini. Mais lorsque je la sortais de sa méditation et lui demandais à quoi elle pouvait bien songer, elle secouait la tête sans rien dire puis me répondait invariablement : « Je suis heureuse. »

Au début du mois de novembre, Romy conclut ce long processus de réflexion en m'informant ainsi de la décision qu'elle avait arrêtée : « C'est une chose, Daniel, que tu deviennes père. Je m'en réjouis pour toi. Mais j'ai aussi besoin d'un mari et d'un père pour mes enfants. Ma décision est prise : nous allons nous marier. »

Je me sentis une nouvelle fois pris au dépourvu. Ma grande jeunesse me faisait considérer les choses comme elles venaient, sans trop m'inquiéter des responsabilités, des charges et du changement de style de vie qu'impliquait un tel engagement. L'ultimatum posé par Romy ne portait pas atteinte à mon amour-propre. Mon manque d'expérience me faisait me lancer dans cette aventure sans plus d'arrière-pensée que si

Romy m'avait tout à coup annoncé : « Nous partons pour Saint-Tropez » ou bien « Nous achetons un nouveau frigo ».

Pendant les quelques mois qui précédèrent notre mariage, Romy avait développé – selon ma propre expression – une « sensibilité campagnarde » qui correspondait à sa nature profonde et à ses besoins les plus inconscients. Aucun film, aucun réalisateur, aucun prix d'interprétation ne comptait plus pour elle pendant cette période, où tout ce qui l'entourait suffisait à son équilibre et à son bonheur. Même si cela peut paraître banal et conventionnel, elle avait alors seulement besoin de la chaleur protectrice du cocon familial.

Romy ne fuma pas et ne but pas une goutte d'alcool pendant ce laps de temps, afin de ne pas nuire à l'enfant qu'elle portait. Elle buvait d'ailleurs de moins en moins depuis que je la connaissais. Peut-être un ou deux verres de vin à table, parfois un digestif – mais jamais je ne l'ai vue éméchée, et encore moins ivre. Elle avait cessé depuis des années toute absorption d'Optalidon et de bordeaux – cette mixture diabolique d'analgésique et d'alcool que Harry Meyen, qui souffrait de migraines, lui avait fait connaître. Quant au cognac, à la vodka ou au whisky, elle n'y touchait jamais.

L'appétit de Romy augmentait chaque jour. Elle avalait d'énormes quantités d'aliments et, en décembre, avait déjà pris sept kilos. Elle n'était enceinte que de quatre mois, mais refusait de m'écouter : « Pourquoi devrais-je faire attention avec la nourriture ? Le bébé en a besoin et je me moque de grossir ! »

À ce stade, rien ne pouvait agacer Romy, rien ne pouvait l'inquiéter.

Le mariage devait avoir lieu à Berlin le 18 décembre 1975. Pour Romy, ce choix avait une double justification : Berlin était la ville où, neuf ans auparavant, David avait vu le jour ; c'était aussi la ville qu'elle aimait le plus en Allemagne. En outre, les formalités administratives auraient duré bien plus longtemps à Paris – probablement trois mois de plus qu'à Berlin. Or pour Romy, le temps pressait.

Nous fûmes unis au cours d'une cérémonie assez peu conventionnelle qui se tint dans l'élégant hôtel Gerhus. Romy avait obtenu, par dérogation spéciale de la mairie, qu'y soit célébré le mariage civil. Elle arriva de Berchtesgaden accompagnée de ma future belle-mère et de son troisième époux, Horst Fehlhaber, qu'elle avait tout juste eu le temps d'informer de nos projets et des changements que cela entraînait. J'arrivais de Paris où j'avais, la veille, abondamment fêté l'enterrement de ma vie de garçon. Mes parents m'accompagnaient. Pour ce « mariage éclair », j'avais choisi comme témoin le célèbre coiffeur Alexandre ; les deux témoins de Romy étaient Christiane Höllger et son avocat berlinois, Gerd Joachim Roos, qui avait réglé pour elle toutes les formalités, y compris le partage des biens. Romy, dans une robe ample – comme le voulait son état – et profondément décolletée, une couronne de fleurs dans les cheveux, prononça le « oui » en français ; je répondis en allemand à la question de l'officier d'état civil.

Le tout se déroula dans un salon de l'hôtel sommairement aménagé pour la circonstance, de même que le repas de mariage, en cercle restreint. Nous quittâmes Berlin l'après-midi même pour rejoindre Paris où nous attendait la réception organisée pour nous, à l'Orangerie, par Jean-Claude Brialy. Romy se sentait très mal. Non pas à cause des voyages épuisants qu'elle s'était imposés au cours des jours précédents, mais tout simplement à cause de sa mâchoire. Cette mâchoire, et plus précisément un abcès, devait transformer en tragédie notre nuit du nouvel an.

Certains malveillants ont transformé cette histoire en parlant d'un accident de circulation auquel j'aurais été mêlé, entraînant une fausse couche de Romy. De petits mensonges d'intrigants qui, comme bien souvent dans la vie de Romy, furent repris par des individus sans scrupules et sans envergure. Une fois pour toutes, qu'on se le dise : je n'ai jamais eu, et encore moins à l'époque en question, d'accident de la circulation. Cette hypothèse est donc totalement exclue. La vérité, sans être moins douloureuse, est tout autre.

Mais chaque chose en son temps. Malgré le malaise de Romy, la fête à l'Orangerie fut une belle soirée. Au côté du maître de cérémonie, on retrouva bien sûr Claude Sautet. Le « maître » Visconti envoya un mot de félicitations par lequel il souhaitait sincèrement se réconcilier avec Romy. Il s'était fait excuser et était représenté par Helmut Berger. Simone Bicheron, l'ex-épouse de Curd Jürgens, « vola la vedette » à Romy, car dans son état, l'heureux événement pouvait avoir lieu d'un instant à l'autre. Magda Schneider, qui était accompagnée de son époux, s'enquit sans retard d'Alain Delon – typique de sa part. Celui-ci, tout comme Visconti, avait adressé ses félicitations, un détail que Magda ne manqua pas de rapporter dans ses mémoires. Quoi qu'il en soit, l'ambiance fut presque familiale. Le seul point noir fut l'abcès de Romy, qui lui donnait plus de souci qu'il n'y avait d'abord paru. Les médicaments qu'on lui avait prescrits semblaient presque sans effet.

Les préparations de la Noël 1975 allaient bon train rue Berlioz, où l'appartement prenait des allures de chalet autrichien. Romy déballait les cadeaux de mariage – assiettes, verres, linge de maison se le disputaient aux ustensiles de cuisine. Le repas de réveillon, fort plantureux, fut dégusté en famille, avec un délicieux canard accompagné de chou rouge au menu. Magda et Horst étaient présents, ainsi que Wolfi – le frère de Romy – accompagné de sa femme, ma famille (dont Charles, mon frère cadet, qui vit aujourd'hui à Los Angeles) et, bien entendu, David, Romy et moi.

La veille au soir cependant, la fête avait été brutalement interrompue. Vers minuit, Romy avait été prise de douleurs lancinantes à la mâchoire. La dent de sagesse, qui lui avait gâché le mariage de même qu'une partie de la soirée à l'Orangerie, se rebellait de nouveau, cette fois très sérieusement. En cette veille de Noël, nous traversâmes Paris à toute vitesse pour nous rendre aux urgences dentaires. Le médecin décida d'extraire la dent. Après l'opération, il mit Romy sous antibiotiques et la renvoya chez elle. Une fois à la maison, elle était certes totalement épuisée, mais surtout soulagée à la pensée d'être rétablie et que le plus dur était passé. De fait, les jours suivants, les festivités purent reprendre dans une bonne humeur conviviale. Le problème dentaire était résolu et toute la famille réunie – que souhaiter de plus ?

Pour la Saint-Sylvestre, nous avions réservé une table chez Brialy. Nous nous apprêtions à fêter le nouvel an en compagnie de Michelle de Broca, la meilleure amie de Romy à Paris. Mais le sort en avait décidé autrement.

Le 31 décembre, vers 18 heures, Romy fut soudain prise de violentes douleurs au ventre. Recroquevillée dans le lit, les larmes aux yeux, elle était incapable de dire un mot. Je téléphonai au médecin. Un quart d'heure plus tard il était là, et moins de cinq minutes après il appelait l'ambulance. Je prévins alors le médecin de famille de Romy, le Dr Yllous, qui nous dirigea immédiatement vers la clinique privée de la rue Nicolo. Je tins la main de Romy pendant tout le trajet. Elle fut placée sous calmants et subit un examen très long. Nous avions changé d'année depuis une heure lorsqu'on m'annonça la terrible nouvelle : Romy venait de faire une fausse couche. Le bébé était perdu. J'étais terrassé. Le Dr Yllous mit en cause l'opération de la dent de sagesse que Romy avait subie la veille de Noël. Il nous expliqua « qu'un virus s'était transmis au fœtus et l'avait infecté. Le corps de la patiente avait alors naturellement réagi et rejeté le fœtus ».

Romy resta deux jours à la clinique. Au fil des heures passées à son chevet, une chose m'apparut évidente : pour Romy, le choc était profond, très profond. Il lui faudrait beaucoup plus de temps qu'à moi pour s'en remettre. Mais la vie continuait et je devais faire quelque chose pour l'aider à remonter la pente.

Je réservai alors une chambre pour deux semaines dans un magnifique hôtel de la Jamaïque, afin de nous éloigner quelque temps de la grisaille et du froid parisiens. Romy, à qui Pierre Garnier-Deferre venait de proposer un rôle dans *Une femme à sa fenêtre*, avec Philippe Noiret et Umberto Orsini, récupéra vite sous le soleil tropical. En attendant le tournage, nous décidâmes de prolonger notre séjour et passâmes tout le mois de janvier au bord de la mer, gorgés d'azur, dans une relative insouciance.

24

Heinrich Böll, une idole

Après ce séjour dans les Caraïbes, la vie à Paris reprit un cours agréable. Romy s'apprêtait à jouer dans *Une femme à sa fenêtre*, de Pierre Granier-Deferre, ainsi qu'un rôle mineur mais spectaculaire dans *Mado*, au côté de Michel Piccoli, avec Claude Sautet pour réalisateur.

La courte apparition de Romy dans *Mado* est restée dans toutes les mémoires. Elle interprétait le personnage d'Hélène, la veuve qui, après le suicide de son mari, cherche à apaiser son âme en absorbant un mélange de comprimés et d'alcool. Afin de rendre son interprétation plus crédible, Romy décida d'employer un moyen auquel, en général, se refuse absolument toute actrice. Obligeant la maquilleuse à modifier ses méthodes de travail, elle demanda que son visage apparaisse gras et bouffi, renonçant totalement au maquillage des paupières et des lèvres. Romy réussit ainsi à composer le portrait impressionnant d'une femme malheureuse, au visage ravagé et tourmenté. La presse l'ovationna pour son interprétation, qu'elle qualifia de « sensationnelle », « grandiose », « magistrale ». Romy elle-même pensait que ce rôle pouvait être un nouveau point de départ dans sa carrière.

En ce sens elle avait raison. Mais elle s'obstinait aussi – et là, une fois de plus, elle avait tort – à répéter : « Les rôles que j'interprète à l'écran n'ont absolument rien à voir avec ma vie, avec la vraie Romy Schneider. »

Un vœu pieux que, bien entendu, ni le public ni les journalistes ne voulurent entendre. Dans le puzzle médiatique, chacun était trop occupé à chercher la pièce qui lui manquait pour assembler l'image qu'il pensait être celle de Romy Schneider. C'est ainsi que le rôle d'Hélène dans *Mado* se retrouva disséqué par certains critiques convaincus de détenir la vérité sur Romy et qui jouaient les psychologues de pacotille. « Balançant entre larmes, remords et accusations, commenta ainsi l'un d'eux, plein d'emphase, Romy montre dans cette scène un peu d'elle-même. » On se demande ce qui pouvait rendre l'auteur aussi sûr de lui, alors qu'il n'avait encore jamais rencontré Romy et ne lui avait même pas adressé la parole.

La vérité est que l'année 1976 fut globalement une année faste pour Romy, tant dans sa vie d'artiste que dans sa vie privée. À peine rentrés de la Jamaïque, nous fûmes avertis rue Berlioz, d'une manière informelle, d'un événement qui mit Romy dans un état de jubilation absolue : elle était nominée pour les Césars, la plus haute distinction du cinéma français, et sans doute, à l'époque, du cinéma européen.

De fait, à la surprise de beaucoup et pour sa plus grande fierté, Romy obtint, en ce début d'année 1976, le César de la meilleure actrice. Elle, une artiste immigrée, de langue maternelle allemande, l'emportait devant des monstres sacrés du cinéma français comme Annie Girardot, Simone Signoret, Isabelle Adjani, Catherine Deneuve et bien d'autres encore. Lors de la réception au Fouquet's qui suivit la remise des prix, Romy confia qu'elle était « folle de joie » et qu'il s'agissait du « moment le plus important de sa carrière », d'autant plus fort qu'elle avait été choisie malgré son origine étrangère. Elle ajouta, au bord des larmes : « C'est la plus haute distinction artistique que l'on m'ait jamais attribuée. »

Cette consécration lui donna littéralement des ailes. Mais il lui semblait aussi que cela lui conférait des devoirs. De ce jour, elle considéra qu'il lui appartenait d'améliorer constamment chacune de ses interprétations. Son leitmotiv – un concentré de discipline germanique – pouvait se résumer ainsi : « Tout ce que je fais, je sais que je peux encore le parfaire. » Mais c'était aussi une sorte d'autoflagellation, un moyen par lequel elle s'obligeait sans cesse à de nouvelles performances.

J'avais résolu de partir quelque temps en compagnie d'un cameraman et d'un photographe afin de réaliser des reportages. Romy fut d'abord enchantée par mon idée, puis elle se ravisa. Elle voulait me savoir à ses côtés et non pas quelque part au Liban, en Afrique ou Dieu sait où. Pourtant au début, je partis avec son accord.

Je tiens tout de suite à préciser que l'idée que je me faisais de la vie de reporter était assez naïve et devait par la suite entraîner un véritable désastre. Nous gagnâmes d'abord la Rhodésie – l'actuel Zimbabwe – où nous réalisions des reportages d'ambiance dans les différents foyers de crise. Cela n'était pas exempt de danger, mais c'était assez facile. Tendre un micro à quelques mercenaires ou fuyards tout en les filmant, voilà qui ne nécessitait aucune formation préalable, tout au plus un peu de courage et beaucoup d'inconscience. Nous vendions le fruit de notre travail à différentes chaînes de télévision ou à des magazines. On nous payait environ deux mille francs par minute de diffusion. Cela suffisait à couvrir nos frais et même plus.

Les difficultés commencèrent lors de notre second voyage à Beyrouth. Que nous le voulions ou non, nous nous trouvâmes pris sous le feu des belligérants pratiquement tous les jours. Mais nous rapportâmes des images sensationnelles, ce qui était moins dû à mes qualités propres qu'à celles du cameraman. Nous avions eu la chance des naïfs : celle d'être au bon endroit au bon moment, en gagnant plusieurs fois ce que les reportages de Rhodésie nous avaient rapporté.

Lors du vol de retour vers Paris, je fis une escale à Athènes, où Romy devait tourner quelques extérieurs pour *Une femme à sa fenêtre*. C'est alors qu'elle me fit comprendre pour la première fois qu'elle n'aimait pas trop mon travail et qu'elle avait besoin de moi à Paris : « Je ne veux plus attendre. Je veux refaire un enfant – tout de suite. »

De retour à Paris, nous ne nous rendîmes pas – selon nos habitudes – directement à Saint-Tropez, mais nous fîmes un détour par Meaux. Jean-Claude Brialy y possédait un château qu'il mit à notre disposition et où nous nous retirâmes pour quelques jours. David était parti voir son père à Hambourg et devait nous rejoindre directement à Ramatuelle.

À Saint-Tropez, les mois d'été s'écoulèrent dans la plus parfaite sérénité. Pas comme l'année précédente, au cours de laquelle une vipère sous apparence humaine avait gâché nos vacances.

L'individu en question savait être drôle, du moins dans un premier temps. C'était une sorte de bouffon, un amuseur très prisé de certaines célébrités. Je l'avais rencontré dans un club privé – il me semble que c'était chez Régine. Ce traître agit fort habilement. Il découvrit rapidement le moyen de se constituer un confortable revenu à cinq chiffres en livrant, tel un Judas, quelques histoires dévoilant l'intimité du couple Schneider-Biasini. À condition, bien sûr, d'arranger la vérité : seules les mauvaises nouvelles sont de bonnes nouvelles, aucun commanditaire ne s'intéressant à une banale idylle familiale.

J'avoue que la compagnie de ce monsieur ne m'était pas désagréable. Romy non plus n'avait pas vu d'inconvénient à ce qu'il nous rende visite à Saint-Tropez. Mais nous n'aurions jamais permis qu'il fasse des « photos souvenirs » de nos vacances en privé – Romy interdisait même à Claude Sautet, qui était pourtant un ami très proche, d'emporter avec lui un appareil photo lorsqu'il venait nous voir.

Nous fûmes d'autant plus surpris, peu de temps après, de découvrir dans un magazine allemand une « trilogie » relatant nos vacances dans le Sud, avec photos floues à l'appui. « Le meilleur ami de Daniel Biasini, pouvait-on lire, se confie. » Ce traître – que je n'ai jamais revu après cet épisode – avait tout simplement abusé de notre confiance et de notre hospitalité. Il en avait profité pour nous salir en lançant une campagne de diffamation sans pareille. Le soi-disant « ami » confiait à un journaliste de ce magazine certaines informations dont est peut-être friande la presse à sensation, mais qui n'avaient plus qu'un lointain rapport avec la réalité. Une action en justice intentée par notre avocat valut au magazine – qui l'avait bien mérité – plusieurs condamnations en référé, pour un montant total de plusieurs milliers de francs.

Parmi les nombreuses calomnies proférées par le prétendu « ami », on pouvait lire que Romy m'avait offert une Bentley de couleur claire, d'une valeur de quatre-vingt mille francs. En réalité, je m'étais acheté une Bentley d'occasion, mais elle était de couleur sombre et ne m'avait coûté que quarante mille francs.

Il affirmait également que je détenais une procuration sur les comptes bancaires de Romy. Or je n'avais accès qu'à un seul compte en banque, celui qui permettait de régler les dépenses courantes.

Seule Romy avait la signature pour les autres comptes. Dans certains cas, son avocat suisse détenait également une procuration. C'était par exemple le cas pour la société Solsud, qu'il avait fondée. Solsud était une société dont l'objet était d'acheter des biens immobiliers – par exemple, en 1977, le mas de Ramatuelle, où nous avions emménagé et dont nous avions fait notre résidence principale. L'appartement de la rue Berlioz, que « l'ami » disait avoir été acquis pour trois millions de francs – un montant très exagéré – avait, comme je l'ai dit, été acheté par l'Imfra. Ce mensonge aussi valut à son auteur une condamnation. À juste titre, car l'appartement et les travaux de rénovation n'avaient coûté qu'un peu plus de la moitié de cette somme.

C'est à la suite de cet incident que culmina la colère de Romy envers les médias allemands, « qui s'autorisent apparemment à publier tous les mensonges qui leur passent par la tête ». Mais cela ne nous empêcha pas de séjourner plus d'un mois à Berlin, exactement du 15 novembre au 15 décembre 1976. La raison de ce séjour était que Romy tournait une adaptation de la pièce de Heinrich Böll, *Portrait de groupe avec dame (Gruppenbild mit Dame)*.

Böll fascinait Romy depuis longtemps. Elle considérait son roman *L'Honneur perdu de Katharina Blum* comme un chef-d'œuvre de la littérature allemande. Peut-être aussi Romy croyait-elle se reconnaître dans certains passages du livre, l'héroïne étant poursuivie à tort, par un journal à grand tirage, jusqu'à être acculée au suicide.

J'étais rentré directement d'Amérique du Sud pour rejoindre Romy à Berlin. Dans ma grande naïveté de reporter débutant, je m'étais figuré que je pourrais réaliser une interview des trois chefs d'État : Stroessner, Perón et Videla. La seule chose que je réussis à obtenir lors de cette ultime mission journalistique – une expérience vraiment pitoyable – fut, par l'entremise de mon cameraman, de me faire inviter à une réception officielle donnée par Stroessner à Asunción. Réaliser une interview du dictateur si controversé du Paraguay, au milieu d'un demi-millier d'invités ? Il ne fallait même pas y songer. D'autant que Stroessner, à qui l'on prêtait une sympathie immodérée pour les anciens dignitaires nazis en fuite, était constamment entouré ce soir-là d'une bonne douzaine de gardes du corps et d'agents de sécurité.

Quoi qu'il en soit, je me retrouvai à la mi-octobre dans la ville fétiche de Romy. Berlin me plut énormément, bien plus que je ne m'y attendais à la suite de notre mariage éclair. D'autant que, au cours de ces quelque quatre semaines, Romy remplit une double fonction : elle était à la fois actrice et guide touristique. Elle me vit visiter tout ce qui, aux yeux d'un étranger, faisait la renommée de Berlin, depuis Checkpoint Charlie jusqu'au Kurfürstendamm.

Je dois avouer que l'atmosphère particulière de cette ville m'a fasciné et continue aujourd'hui encore de le faire, comme le mur – qui,

Dieu merci, a disparu. Comment a-t-on pu enfermer aussi longtemps des êtres humains derrière une frontière hermétique ?

Le soir, nous sortions rarement. La vie nocturne ne m'intéressait pas spécialement. Par ailleurs, les rapports délicats que Romy entretenait avec le réalisateur Aleksandar Petrovic sur le plateau de *Portrait de groupe avec dame* gâchaient quelque peu sa joie de vivre. Romy considérait que ce cinéaste était complètement dépassé par le gigantisme de la production. Cela n'était pas sans rapport avec un incident survenu peu de temps avant le début du tournage : Petrovic lui avait confié qu'elle n'était pas le choix initial de l'auteur. Böll avait d'abord choisi Angela Winkler, qui avait déjà interprété brillamment le rôle de Katharina Blum. Mais celle-ci avait décliné l'offre. Ce n'est qu'ensuite que Romy fut contactée.

Elle reçut la confidence comme un coup de massue. Il faut dire que Petrovic avait pour le moins manqué de tact. Romy – surtout depuis qu'elle avait reçu un César – avait en effet le sentiment d'être une actrice accomplie. Résultat, elle devint d'abord récalcitrante et légèrement agressive : « Je trouve extrêmement décevant qu'un homme aussi renommé que Heinrich Böll se laisse entraîner par un jugement aussi partial. Que sait-il de moi ? »

Puis elle se replia dans une attitude de défensive et exprima un certain désarroi : « Böll se trompe complètement sur mon compte. Il pense que je suis une de ces stars perpétuellement entourées d'un parfum de scandale, comme aime à me présenter la presse allemande et elle seule. Je ne pense pas qu'il me considère comme une artiste sérieuse et consciencieuse. »

Blessée en son for intérieur, Romy adressa une lettre à Böll peu avant sa rencontre avec lui, qui eut lieu en décembre 1976. « Très cher monsieur Böll, disait-elle, je voulais depuis longtemps déjà prendre le train ou l'avion pour venir vous voir. Mais je n'ai pas osé par lâcheté et par peur de vous déranger, de vous importuner (...) Ce n'est pas de gaieté de cœur que je vous écris. Du moins suis-je seule tandis que je vous écris, et non pas là à trembloter devant vous, qui m'avez tout bonnement refusée pour le rôle de Leni. »

Il est touchant de constater à quel point Romy tenait absolument à montrer au prix Nobel de littérature qu'elle était une bonne actrice et qu'elle aussi, à l'instar de son héroïne, était poursuivie par la presse. Malgré tout le respect qu'elle portait à l'écrivain, cela n'était pas nécessaire. Pas plus qu'elle n'était forcée de déclarer par la suite comme elle le fit – radieuse – que les quatre heures qu'elle avait passées chez Heinrich Böll en décembre comptaient parmi les plus importantes de son existence. Car la vérité était quelque peu différente : Romy, paralysée par le respect qu'elle portait à l'écrivain, rencontra ce jour-là un homme fatigué et probablement pas plus intéressé que cela par un entretien avec une star du cinéma. Disons simplement que l'entrevue fut agréable – et il est des personnes qui considéreraient ce jugement comme impitoyable, s'agissant d'une telle rencontre.

Peut-être cela tenait-il aussi, en partie, à la dévotion exagérée qu'avait témoignée la meilleure actrice française dans sa lettre à l'écrivain de Cologne : « Vous savez, je crois avoir déjà appris certaines choses et avoir fait quelques progrès. » Et Romy de poursuivre – soucieuse d'éclairer le grand homme sur le destin digne de Katharina Blum que lui réservaient les médias allemands : « Je me bats pour ma vie privée. »

Ce combat se cristallisa au cours des semaines que je passai en compagnie de Romy à Berlin. Lorsqu'elle rentrait, il lui fallait toujours un peu de temps avant de retrouver le sourire. Mais j'arrivais toujours à la distraire. Malgré certains épisodes désagréables, comme celui survenu à sa descente d'avion à Berlin...

Un reporter, à qui elle avait vivement reproché son insistance, lui fit un aveu étrange : « Je suis chargé de vous suivre vingt-quatre heures sur vingt-quatre », lui avoua-t-il sans détour, tandis qu'il notait bien soigneusement le type, la qualité et le nombre de ses bagages. « Ici en Allemagne, on veut tout savoir sur la vie de Romy Schneider. »

Semer les journalistes allemands qui s'accrochaient à ses talons était donc devenu une sorte d'exercice permanent. Mais hormis cette compagnie gênante – dont la présence ne fut pas sans influer sur l'atmosphère générale du film –, Romy était heureuse. Car elle avait une idée fixe. Et c'était là la deuxième raison – plus profonde – de sa présence à Berlin : Romy voulait de nouveau un enfant, et elle le voulait dans cette ville où David était venu au monde et où elle avait vécu tant de moments heureux. Ce n'est pas un secret que de le dire : son projet réussit. Trois semaines après Noël, Romy m'annonça qu'elle était enceinte. Et cette annonce s'accompagna d'une exigence : « Je ne veux plus que tu sois reporter. Je veux que tu travailles dans le cinéma, soit comme producteur, soit comme agent. »

Je n'eus aucun mal à satisfaire son premier souhait car, depuis mes déboires en Amérique du Sud, je n'avais plus grand-chose à attendre du journalisme. Quant à sa deuxième proposition, je voulus d'abord vérifier mes capacités en la matière, et découvrir où elles pourraient concrètement s'exercer. Je décidai finalement d'écrire des scénarios. Plus tard, je l'ai dit, Romy devait le regretter.

Vers la fin du mois de janvier 1977, nous nous rendîmes dans un chalet des Diablerets.

Romy l'avait loué pour un mois. Elle voulait d'une part se reposer, d'autre part vivre le début de sa grossesse dans l'air frais et piquant des montagnes.

La fin du tournage avec Petrovic avait été particulièrement laborieuse. Le chaos que le réalisateur avait généré autour de lui trouva un point d'orgue à Kamptal, en Basse-Autriche. Le scénario fut plusieurs fois remanié, les temps d'attente incroyablement longs entre les prises épuisaient les acteurs – Romy avait pour partenaires Vadim Glowna, Brad Dourif, Richard Münch et Witta Pohl – et les poussaient aux limites de leur résistance psychique. L'hiver, dans cette région de la forêt autrichienne, était particulièrement rigoureux. Survint alors un incident dont Romy se serait bien passée. Elle devait tourner l'une des dernières scènes du film dans le cimetière de Rosenau fortement enneigé. Deux journalistes autrichiens lui ayant demandé de leur accorder une interview rapide, Romy leur avait donné rendez-vous après la prise : « Cette scène est si difficile... Mais après, à l'auberge, je vous accorderai cinq minutes. »

De fait, la scène était particulièrement macabre. Romy, déjà enceinte, devait s'agenouiller dans la neige, devant une tombe du petit village. On dut recommencer plusieurs fois la prise. Elle ne fut réussie qu'au bout de deux heures. Une Mercedes vint alors chercher Romy pour la conduire à l'auberge du village. Mais sur la route enneigée, la lourde voiture se mit soudain à patiner et versa dans le fossé. Par chance, l'accident se résuma à quelques tôles froissées. Mais l'un des journalistes se souvient aujourd'hui encore de cette scène dramatique : « Romy Schneider descendit en tremblant de la voiture accidentée. Elle rejoignit la lisière de la forêt, se recroquevilla et se mit à pleurer sans retenue. Je crois qu'elle était dans un grave état de choc. »

Ce témoignage est en dessous de la réalité. Car Romy avait bel et bien été prise d'un accès de panique au moment où la voiture avait dérapé. La première pensée qui lui avait traversé l'esprit fut pour le bébé qu'elle portait. Grâce à Dieu, elle n'eut pas à connaître l'angoisse d'une autre fausse couche. Mais qui, au moment de l'accident, aurait pu se douter de ce qui la terrorisait ? Certains ont dû interpréter la réaction apparemment exagérée de Romy comme celle d'une diva hystérique, sans savoir que c'était celle d'une future maman qui avait tout simplement peur de perdre encore une fois son enfant. Aussi bien, dès qu'elle eut la certitude d'être sortie indemne de l'accident, redevint-elle la plus heureuse des femmes.

Pour le reste, cette grossesse se déroula sans accroc. Romy s'était de nouveau retirée dans une bulle. Surtout pendant les journées aux Diablerets, alors que le tournage de *Portrait de groupe avec dame* était enfin terminé. Le film – dont seule l'interprète principale fut épargnée par les critiques – ne l'intéressa plus jamais. Même lorsqu'on lui décerna la médaille d'or du cinéma allemand pour sa performance d'actrice, elle boycotta la remise des prix sous un prétexte fallacieux.

L'une des décisions les plus importantes que nous ayons prises au coin du feu, dans l'atmosphère intime du chalet des Diablerets, fut certainement de nous installer définitivement dans le sud de la France. Romy tenait absolument à réaliser sans attendre son vieux rêve d'un mas à la campagne.

C'est ainsi que nous nous mîmes en quête d'une maison.

Nous la trouvâmes.

À Ramatuelle.

Mais il était impossible de terminer les travaux à temps pour la naissance de notre enfant. Romy était très excitée. C'était la seule distraction qu'elle s'autorisait, car elle était devenue encore plus prudente et attentive que lors de sa précédente grossesse. Ainsi avait-elle annulé tous ses engagements pour l'année 1977 et renoncé à plusieurs films.

À Pâques 1977, nous rejoignîmes Saint-Tropez et Romy découvrit, à l'état brut, cette bâtisse qui allait devenir notre résidence principale et notre centre de vie. L'ancienne exploitation agricole, un mas au milieu d'une pinède, se situait sur un terrain d'environ quatre hectares. Un ruisseau traversait la propriété. C'était la frontière naturelle entre la maison que Romy et moi choisîmes d'habiter tout de suite, et les deux autres bâtiments : une maison principale située sur une colline devant un chemin de terre ; et une autre maison habitée par le couple de gardiens que nous avions embauché. Nous n'eûmes jamais de domestiques, comme se plaisent à le prétendre ici et là certains auteurs en mal d'élucubrations.

Entre les bâtiments se trouvait un jardin en friche, qui bordait la piscine d'un côté. De l'autre côté, un massif de roses protégeait le bassin des regards...

25

Sarah

« Les nombreux journalistes qui, à leur manière, se sont servis d'elle, portent une part de responsabilité dans la mort prématurée de Romy Schneider. » L'auteur de ces lignes hypocrites est lui-même journaliste. Dans son livre, à peine deux pages plus loin, il écrit que Romy a attendu l'été 1977 pour partir vivre dans le Midi, et qu'au mois de juin encore, à Paris, avec son mari et David, il lui arrivait d'oublier les consignes strictes de son régime : « Elle fume et continue à boire du vin et du champagne. »

Ce gardien autoproclamé de la fidélité et de l'honnêteté a cependant pris quelques libertés avec la vérité. Le passage que nous venons de citer n'est qu'un des innombrables exemples où les frontières entre la fabulation et la réalité s'estompent. Car au printemps 1977, nous vivions déjà depuis longtemps dans le domaine de nos rêves, le vieux mas de Ramatuelle. Au début, ce fut encore dans le vacarme des coups de marteau, entre les artisans qui mettaient la dernière main à leur ouvrage. Dès Pâques, en effet, nous nous étions installés à Saint-Tropez. Romy faisait très attention à elle : son seul souci était de mettre au monde, à la fin de l'été, un enfant en bonne santé. Laisser entendre qu'elle buvait et fumait sans la moindre modération est un mensonge aussi froid que cynique.

À part sa brève apparition au Festival de Cannes, on peut dire que sa vie professionnelle avait atteint le degré zéro. Si on la vit sur la Croisette cette année-là, c'est qu'elle s'était engagée par contrat à assurer en France la promotion de *Portrait de groupe avec dame*. Le film était hors compétition, mais on le présenta en avant-première – comme c'est la coutume aujourd'hui encore à Cannes – aux seuls critiques de cinéma.

Malheureusement pour Romy, il y eut une grève des journalistes le lendemain de sa venue. Pour une fois elle avait accepté de coopérer avec la presse, cela n'avait servi à rien. Nous passâmes la nuit dans la maison de Raymond Danon à Mougins et repartîmes dès le matin pour Ramatuelle.

Romy était très calme. Même si, à cette époque, elle devait s'imposer le repos, elle semblait tout à fait détendue. Et personne, surtout pas moi, ne mit en doute sa parole lorsqu'elle annonça : « Ce sera pour fin août. Nous verrons alors notre nouveau rayon de soleil. »

Mais le sort en avait décidé autrement.

Le 14 juillet 1977, nous nous trouvions dans notre nouvelle propriété – qu'on pouvait considérer comme à peu près restaurée depuis notre intermède cannois – lorsque Romy eut des contractions douloureuses à la suite d'une crise d'éternuements. La poche amniotique se rompit et Romy perdit les eaux. Romy en était au septième mois de grossesse mais le problème ne se révéla pas aussi grave que lors de la nuit du nouvel an 1975. Une ambulance la transporta à la clinique L'Oasis de Gassin, où je passai la première nuit à son chevet.

Sur ce sujet comme sur les autres, les biographes se sont faits les champions des fausses nouvelles. Le chroniqueur déjà mentionné écrit par exemple : « Durant plusieurs semaines, elle devra rester immobile, les jambes surélevées, pour éviter tout risque de fausse couche. »

Parfait non-sens. En réalité, les médecins de la clinique de cette petite ville insistèrent certes pour qu'elle reste bien étendue dans son lit, mais en tremblèrent des heures et des journées entières après cette crise d'éternuement. Au bout de six jours, voyant que les contractions ne se déclenchaient pas, ils estimèrent que le risque pour la mère et l'enfant était trop grand et décidèrent de procéder à une césarienne au septième mois de grossesse.

La naissance de Sarah Magdalena eut lieu sous anesthésie générale. Il me fut donc impossible d'assister à l'accouchement. Mais je vis notre petite fille dès sa venue au monde, avant Romy. Elle me fit l'effet d'un vilain petit singe. Elle était en bonne santé, mais pesait seulement un misérable kilo et huit cents grammes. Les médecins, pour ne pas courir le moindre risque, tinrent à ce qu'elle soit placée en couveuse. Mais comme l'hôpital de Gassin n'en possédait pas, il fallut transférer Sarah Magdalena à Nice.

Je ne peux m'empêcher de sourire aujourd'hui quand je me rappelle le vacarme qui entoura ce transport – au sens propre du terme –, puisque la sage-femme et le médecin l'accompagnèrent dans la voiture des pompiers volontaires de Gassin. Sarah Magdalena séjourna deux mois à la maternité de Nice où elle se développa à merveille.

Après la naissance, j'étais resté à côté de Romy, attendant près de son lit qu'elle rouvrît les yeux. Elle était tout affaiblie lorsqu'elle me regarda d'un air interrogateur : « Garçon ou fille ?

– C'est une fille, comme tu le souhaitais », lui répondis-je.

Contrairement à la plupart des futures

mamans qui proclament que cela leur est égal – l'essentiel étant que l'enfant soit en bonne santé – Romy n'avait cessé de répéter à qui voulait l'entendre : « Maintenant je veux avoir une fille – absolument. » Son vœu avait été exaucé.

Sa chambre s'était vite transformée en une véritable mer de fleurs. Ces heures-là figurent dans ma mémoire comme les plus beaux moments que j'aie vécus avec Romy. J'avais attendu pendant deux ans que la femme qui me comblait, que j'aimais intensément et que j'admirais nous donnât un enfant.

Nous fîmes régulièrement le trajet à Nice pour voir Sarah qui grossissait de jour en jour. Vers la mi-août, les médecins nous informèrent qu'elle était définitivement hors de danger. Romy et moi décidâmes de fêter l'événement dans le fameux restaurant la Colombe d'Or, à Saint-Paul-de-Vence. Ce fut un dîner au champagne. Nous étions les deux seuls convives.

David, qui était entre-temps parti à Hambourg chez son père, nous rejoignit bientôt dans le Midi. L'élargissement et le renforcement de la petite famille le rendaient heureux. Cela se lisait sur son visage. Dès le premier jour, il aima passionnément sa sœur. Le rôle de grand frère protecteur lui convenait fort bien et il l'assuma à la perfection dès qu'il vit Sarah.

Pour Romy, durant ce mois d'août 1977, tout tournait autour de sa petite fille. Ce fut aussi le cas par la suite, bien sûr, mais moins manifestement que lors de ces journées très particulières. La regarder dormir – ce qu'elle faisait presque toute la journée – était pour Romy le plus grand des plaisirs. Toucher, tenir ou embrasser les adorables petites menottes de Sarah était pour elle un bonheur à nul autre pareil. C'est dans cet état d'esprit qu'elle décréta, encore une fois : « Je ne veux plus entendre parler de projets de film ni de rien de ce genre avant l'année prochaine. »

Les Sautet respectèrent son souhait. À cette époque, le metteur en scène et sa femme étaient les seuls à avoir le privilège d'être reçus dans notre maison. Bien plus tard seulement, lorsque Romy recommença à s'intéresser au cinéma et glissa, comme si elle réfléchissait à haute voix : « Dis, Claude, tu devrais tourner un film entièrement consacré à une femme », Claude Sautet lui répliqua du tac au tac, en souriant : « Le scénario est déjà prêt. »

Romy avait peut-être oublié cette autre promesse que le metteur en scène lui avait déjà faite des années plus tôt, lors d'un dîner. Pour son quarantième anniversaire, avait-il juré, elle jouerait dans un film qui montrerait une « femme dans la quarantaine ». Ce fut *Une histoire simple*, le grand retour au cinéma de Romy au côté de Bruno Cremer, Claude Brasseur et

Francine Bergé, et d'ailleurs son seul tournage en 1978.

Sarah était depuis longtemps revenue à la maison – elle avait beaucoup grandi, ses joues étaient rondes comme des pommes et elle pesait trois kilos. Au début, nous allions et venions sans cesse entre Paris et Ramatuelle. Puis, notre mas ressemblant progressivement à ce que nous avions imaginé, nous nous installâmes définitivement dans le Midi. L'appartement de la rue Berlioz fut vendu pour plus de deux millions de francs. Romy avait dû débourser le double pour acquérir et transformer notre nouveau foyer. Dans les années quatre-vingt, cette propriété fut vendue à son tour. Si mes informations sont bonnes, elle est occupée aujourd'hui par le riche propriétaire d'une entreprise strasbourgeoise de boucherie et d'abattage.

En attendant, nous nous contentâmes de louer un petit pied-à-terre à Paris, où nous nous rendions de moins en moins souvent : la vie à la campagne nous accaparait, et David avait changé d'école pour entrer dans un collège de Saint-Tropez.

Romy s'occupait beaucoup de Sarah tout en trouvant chaque jour d'innombrables travaux à accomplir. Le travail dans le jardin était prioritaire ; elle tenait à planter de nouveaux arbres et des arbustes.

Pour ma part j'exauçai le vœu de Romy – qui désirait me voir travailler pour le cinéma – en me lançant dans l'adaptation de scénarios. L'un des sujets sur lesquels je travaillais à cette époque plut à Claude Sautet. C'était l'histoire d'un petit escroc dont les manœuvres criminelles finissaient par pousser sa mère à la mort. Le père jurait alors de la venger. Je passai presque une année entière sur cette histoire, car Sautet me la faisait remanier sans cesse. Un jour il trouvait l'intrigue trop pessimiste, le lendemain il souhaitait que j'y introduise d'autres personnages.

Une seule chose était sûre : il ne voulait pas que Romy joue dans ce film. Comme ils se connaissaient depuis dix ans et que leurs rapports étaient très francs, il le lui avait dit sans ambages : « Je ne vois aucun rôle pour toi dans cette histoire. »

Mais Romy, à qui le sujet plaisait, se mit en tête de faciliter mes débuts de scénariste en collaborant à ce projet. Et comme Sautet ne semblait pas disposé au moindre compromis, ils eurent une vive dispute. Quelque chose se brisa alors dans leur relation.

Curieusement, ce différend artistique eut des répercussions sur notre couple. Romy se mit tout d'abord à broyer du noir. Elle tentait de comprendre la décision de Sautet et lui imaginait des causes invraisemblables : « À quarante ans, je suis sans doute trop vieille pour passer encore à l'écran », avançait-elle par exemple. J'eus beau lui représenter qu'il n'en était rien, qu'il lui suffisait de claquer des doigts pour voir les contrats arriver par dizaines, elle entra dans une période sombre.

Du jour au lendemain, à peine deux ans après notre mariage, elle se mit soudain à parler de notre différence d'âge : « Quand j'aurai cinquante ans, tu en auras à peine trente-neuf. Est-ce que je t'intéresserai encore ? » Elle posait de plus en plus souvent ce genre de questions, qui commençaient à produire l'effet d'un poison, sournois et mortel. Nos relations en souffrirent. Même dans les moments de bonheur, quand nous étions dans les bras l'un de l'autre, elle ne pouvait s'empêcher d'évoquer ce sujet. On l'aurait crue en proie à des pulsions masochistes. Tout se passait comme si cette femme intelligente et belle avait soudain oublié combien elle était séduisante. Elle que j'avais connue si drôle et souvent taquine se laissait peu à peu sombrer dans la mélancolie.

Quoi qu'il en soit, en 1979, mon scénario était prêt. Le tournage commença en 1980 sous la direction de Claude Sautet. Les rôles principaux étaient tenus par Patrick Dewaere et Brigitte Fossey. Ce film, *Un mauvais fils* – qui coûta dix millions de francs – n'était certes pas un chef-d'œuvre. Mais pour une première tentative, le résultat n'était pas si mauvais. Et puis cela me permit de toucher trois cent cinquante mille francs à la livraison du scénario et deux cent mille francs à la sortie sur les écrans, ce qui n'était pas négligeable.

26

Déménagement dans le Midi

Même s'il partait d'un bon sentiment, l'entêtement de Romy avait bel et bien affecté sa relation avec Sautet. Cela ne les empêcha pourtant pas de tourner ensemble *Une histoire simple*, au début du printemps 1978, un film qui, comme je l'ai dit, marqua le retour de Romy à l'écran.

Il est vrai que Sautet tenait là un scénario comme elle en avait rêvé toute sa vie et qui lui valut, une fois encore, les plus hautes distinctions du septième art en France. Très habilement Claude Sautet laissa au public le soin de trouver lui-même une fin à cette histoire de Marie, une femme qui, après une déception amoureuse et un avortement, revient vers son premier mari pour avoir un enfant avec lui.

Il est clair que Romy, dans cette affaire, prenait le risque de voir des analystes à la petite semaine faire des parallèles « évidents » avec sa vie réelle. La seule chose qu'on puisse dire, à la rigueur, c'est que Romy a puisé dans son expérience personnelle la force nécessaire pour tourner ce film. Car elle voulait avant tout prouver à Sautet ce qui allait de soi : que même après la naissance de Sarah, elle restait une grande artiste. Il fallut d'ailleurs attendre la remise de son deuxième César de la meilleure actrice (le premier, rappelons-le, avait consacré son rôle dans *L'important c'est d'aimer*) pour que ses rapports avec Sautet s'améliorent quelque peu.

Mais Romy était obstinée et ne voulut jamais admettre que s'il l'avait refusée, c'était uniquement par amitié pour elle, parce qu'il ne désirait pas s'en servir de locomotive pour l'adaptation de mon scénario. Ce réalisateur – dont les maîtres étaient Ernst Lubitsch, Howard Hawks ou Billy Wilder – n'aurait jamais accepté d'engager une star pour des raisons purement commerciales dans un film où, à son avis, il n'y avait pas de rôle pour elle. Et surtout pas Romy, qu'il plaçait au-dessus de toutes les autres. Il se sentait obligé de la protéger, fût-ce d'elle-même, fût-ce au risque de voir leur relation en pâtir. Quand il parlait d'elle, Claude vibrait d'enthousiasme. Elle était pour lui comme une composition délicate de Mozart qui aurait pris un corps humain, un mélange incomparable de grâce, de fierté et de sensibilité. « C'est le prototype de l'actrice française, solide et indépendante, affirmait-il en 1978. Son visage est incomparable. »

Mais même ce genre de compliment n'y changea rien.

Leur relation ne redevint jamais plus aussi étroite qu'elle l'avait été, même après le second César. De toute évidence, Romy avait changé au début des années quatre-vingt.

D'ailleurs elle m'en voulait à moi aussi. « Je t'ai si souvent soutenu, Daniel. Comment as-tu pu me trahir ainsi ? » me demandait-elle régulièrement, avec le plus parfait sérieux. La méfiance était apparue subitement, elle paraissait ancrée en elle. Il est possible qu'elle ait eu peur, aussi, de ne plus contrôler toutes choses comme elle avait pris l'habitude de le faire. Déstabilisée, elle se mit à douter d'elle-même et de son pouvoir de séduction.

Bien entendu, lorsqu'une femme comme elle est en proie au doute et broie du noir, sa beauté, son rayonnement et son charisme en pâtissent. Romy était bien trop intelligente pour l'ignorer. Il n'empêche que c'était souvent plus fort qu'elle. Lorsqu'elle était furieuse ou jalouse, tout lui était égal. Peu importait alors où et avec qui elle se trouvait. Même si cela la rendait temporairement moins séduisante, ce qui était encore très rare.

À l'automne 1977, d'ailleurs, Romy avait refait une apparition publique, lors d'une première à Paris. Elle avait suscité admiration et étonnement, et retrouvé un peu de son assurance. D'innombrables articles de la presse nationale et internationale soulignèrent sa « beauté exceptionnelle ». Elle était plus mince, plus svelte, plus belle et plus séduisante que jamais.

Mais le doute demeurait, renforcé par l'impression que je m'étais désolidarisé d'elle. Il avait laissé des traces profondes. Chaque fois qu'elle paraissait aller particulièrement bien, cette blessure se ravivait et ne la quittait plus.

À la fin des années soixante-dix cependant, ses accès de mauvaise humeur étaient relativement espacés, et en temps normal, elle se consacrait avec délices à sa vie familiale.

À Ramatuelle, sept personnes habitaient sous le toit de notre mas : notre petite famille, le couple de gardiens qui s'occupait également du jardin et de la cuisine et Nadou, la gouvernante de Sarah. Sarah n'a d'ailleurs jamais coupé les ponts avec Nadou, qui quitta notre maison en larmes lorsque notre petite fille n'eut plus besoin de nourrice, pour entrer chez Fanny Ardant.

Je me rappellerai toujours le premier anniversaire de Sarah. Ce fut une vraie fête de famille – une fête qui nous causa une immense joie : voir à quel point cette petite fille née dans des circonstances aussi dramatiques était devenue vive et éveillée tenait un peu du miracle. Romy savourait pleinement cette ambiance familiale. Magda Schneider et son troisième mari, Horst, mes parents ou encore Wolfi, le frère de Romy, nous rendaient souvent visite dans le Midi. Lorsque le temps s'y prêtait, nous embarquions les uns et les autres sur la *Danycha*, quatrième modèle du nom, pour effectuer des sorties en mer.

Wolfi avait déjà navigué avec nous – une fois, nous étions même allés jusqu'en Corse. Cette traversée avait d'ailleurs révélé un autre trait marquant du caractère de Romy. Elle avait beau aimer beaucoup son frère, cela ne l'empêchait pas de se quereller vivement avec lui. Ces journées d'isolement au milieu de la mer devenaient ainsi parfois de véritables épreuves. Leurs disputes étaient toujours assez violentes. Un jour même, j'eus peur qu'elle ne lui fracasse le crâne avec le premier objet à sa portée. Je pensais alors aux récits qu'elle m'avait faits de son enfance et des « combats » avec son Wolfi. L'issue était toujours la même : pleine de tendresse et d'amour, elle cherchait ensuite la réconciliation. Parfois au bout de quelques minutes seulement. Mais parfois, après plusieurs jours...

Malgré tout cela, la Noël 1978 fut l'occasion d'une belle fête de famille à laquelle participa Claude Sautet. Puis l'inquiétude reprit le dessus jusqu'au mois de février, où Romy obtint son second César. Lequel ne manqua pas de faire son effet : dorénavant, plus que jamais, cette femme tourmentée voulut jouer ses deux rôles à la perfection : celui de mère et celui d'actrice célébrée par la critique et le public, ce qui n'allait pas sans engendrer pour elle une certaine tension intérieure.

Quoi qu'il en soit, trois tournages étaient déjà prévus pour l'année 1979 : *Liés par le sang*, sous la direction de Terence Young, *Clair de femme* avec l'extraordinaire Constantin Costa-Gavras et *La Mort en direct*.

La lecture du scénario de ce dernier film l'avait littéralement électrisée : Romy était emballée par le projet de Bertrand Tavernier, qui avait fait appel, pour compléter l'affiche, à deux stars d'Hollywood particulièrement ambitieuses, Harvey Keitel et Max von Sydow. Le sujet lui-même la fascinait : c'était une sorte d'anticipation sur la télévision quotidienne de cette fin de siècle. Il mettait en scène une cancéreuse qui acceptait d'agoniser devant les caméras.

Comme le tournage devait débuter fin mai en Écosse, Romy avait décidé d'emmener David avec elle à Glasgow. Sa présence lui donnait de la force et de l'assurance. Il est vrai que ses expériences avec les stars d'Hollywood n'avaient pas toujours été excellentes. Dans *Les Innocents aux mains sales*, Rod Steiger, avec ses allures de prima donna, et l'ensemble de son staff l'avaient rendue malade. « Tu te rends compte, m'avait-elle raconté, il a amené son propre psychiatre sur le plateau de ce film de merde. On le lui avait conseillé, à la célèbre école Lee-Strasberg ! » Faisant contre mauvaise fortune bon cœur, elle s'était contentée d'observer Rod Steiger lorsqu'il allait demander des conseils artistiques à son psy. Une seule chose la mettait vraiment hors d'elle : parfois, au beau milieu d'une prise, le psy en question criait « Stop ! » et expliquait à Romy, décontenancée et furieuse : « Il faut arrêter maintenant, Rod est fatigué. »

La présence de David sur le tournage de *La Mort en direct* permit à celui-ci d'entrer pour la seconde fois dans l'histoire du cinéma après le plongeon qu'il avait effectué dans *Un amour de pluie*. (En arrière-plan, un moment, on le voit jouer au foot. Ses idoles étaient d'ailleurs les footballeurs allemands, à commencer par Franz Beckenbauer.) Mais, surtout, Romy trouva près de son fils un certain équilibre. Sans David, les quinze premiers jours de tournage auraient été encore plus difficiles pour elle qu'ils ne l'ont été. Actrice européenne par excellence, Romy ne s'entendait absolument pas avec ce « method-actor » américain invétéré qu'était Harvey Keitel. Il n'y eut jamais de conflits ouverts, mais l'antipathie mutuelle était si vive qu'elle aurait pu à tout instant mettre le feu aux poudres.

Après deux semaines, je les rejoignis à Glasgow. Dès mon arrivée, Romy me lança : « Parle avec Keitel ; je ne sais pas quel est le problème, mais je n'arrive pas à m'entendre avec lui. Peut-être pourrait-on trouver une solution ? S'il n'en voit pas, il vaut mieux s'en aller aujourd'hui même. »

Je n'avais encore jamais eu de discussion de ce genre. Je me suis dit : « Daniel, il faut que tu restes *cool.* » D'autant que Keitel, qui à mon sens est un acteur formidable, était encore bien plus stressé que moi. Mais comme c'est un homme d'une extrême intelligence, nous pûmes trouver un terrain d'accord. Nous prîmes un café avec Romy pour régler certains malentendus et le travail put se poursuivre sous de meilleurs auspices. Romy et Harvey ne sont pas devenus des amis pour autant, mais nous avions grand espoir que ce film dramatique remportât un immense succès.

Ce ne fut malheureusement pas le cas. Peut-être cela tenait-il moins aux acteurs qu'aux difficultés manifestes rencontrées par le metteur en scène français pour tourner un film américain, ou à l'inverse, aux problèmes rencontrés par les acteurs américains pour s'intégrer à un scénario européen.

Il se peut également que le public ait jugé tiré par les cheveux le message prophétique du film – car à la fin des années soixante-dix personne, sans doute, ne pouvait encore s'imaginer que la télévision pût retransmettre en direct, un jour, la mort de quelqu'un.

27

Voyage au Mexique

L'année 1979 fut donc riche en événements. Romy tourna trois films. Elle reçut un César de la meilleure actrice. Elle tenta d'être une mère parfaite pour David et Sarah. Et elle essaya constamment de réparer tous les petits accrocs qui étaient sournoisement apparus dans notre couple.

Loin de moi l'idée de vouloir désigner un coupable. Comme dans la plupart des cas, les deux partenaires étaient sans doute en cause. De toute façon, nous étions encore loin du syndrome « ça manque de sel », je veux parler de ces broutilles qui soudain rendent une vie de couple insupportable. Pour sortir un peu de nos soucis, nous recourûmes à un procédé qui avait déjà fait ses preuves à la suite de la fausse couche de Romy, lorsque nous étions partis à la Jamaïque : des vacances au soleil. C'est ce que nous nous offrîmes début avril 1979. Malgré l'agenda surchargé de Romy, nous quittâmes la grisaille française pour le Mexique. Traverser la mer lui faisait toujours du bien. Il ne s'agissait pas de régler nos problèmes conjugaux et autres différends, mais, comme nous l'avions déjà fait dans de semblables situations, de nous ressourcer, de retrouver du tonus. Huit mois fatigants nous attendaient au retour.

Pendant ce temps, le drame de Harry Meyen touchait à sa fin. Celui-ci accusait Dieu et le monde de son malheur. Les médicaments, l'alcool et une existence chaotique – ce mélange mortel – aboutirent à un suicide spectaculaire.

Un suicide, disent les psychiatres, est souvent l'ultime cri de désespoir de celui qui veut attirer l'attention de son entourage sur sa souffrance psychique. Je crois que cette définition s'applique parfaitement au cas de Harry Meyen. Il m'a pourtant été difficile d'éprouver de la compassion à son égard, lui qui n'avait pas hésité à impliquer son propre fils dans les attaques menées contre Romy. Les choses avaient commencé à peu près un an avant la mort de Meyen : chaque fois que David rentrait de Hambourg, il semblait étrangement perturbé. Au point que David, qui aimait pourtant voir son père, hésitait de plus en plus à lui rendre visite. Il avait pris conscience que quelque chose ne tournait pas rond, et son besoin presque excessif d'harmonie n'en fut qu'une conséquence plutôt bénigne.

Lorsque nous avons compris ce qui se passait, nous eûmes une conversation avec David. Nous découvrîmes alors de quoi il retournait : Meyen n'hésitait pas à calomnier Romy en présence de David. Ses états dépressifs l'entraînaient de plus en plus souvent à tenir des discours haineux et insultants à l'endroit de son ex-épouse : devant son fils, il n'hésitait pas à la traiter de « putain » ou de « traînée ». Évidemment, quand David rentrait à Paris après avoir subi ce genre de scènes, il n'était plus le même.

Meyen posa ainsi un cas de conscience à Romy. Elle s'était certes totalement détachée de cet homme qui, jadis, s'était adjugé le rôle de « conscience artistique » auprès d'elle et lui avait dénié toute qualité et toute ambition. Mais il lui paraissait normal que David voie son père le plus souvent possible. Le juge des affaires matrimoniales avait en outre stipulé qu'il devait rendre régulièrement visite à Harry Meyen.

Ressentant très vite le conflit qui déchirait sa mère, David réagit comme le font souvent les jeunes de son âge confrontés à des problèmes familiaux : ses résultats scolaires accusèrent une chute. Deux enseignants profitèrent de sa faiblesse d'une façon honteuse. Plus sa concentration baissait, plus ils se montraient durs envers lui. Notre déménagement à Ramatuelle fit diversion, mais le bénéfice ne fut que de courte durée, car David souffrit plus encore de l'absence de ses anciens copains de classe qu'il n'avait pâti de la sévérité de ses professeurs.

Chacun est responsable de son destin. Il n'y a rien de plus répugnant, selon moi, que de mêler ses propres enfants à ses problèmes. Meyen ne se gênait pas pour le faire. Lorsque David lui rendait visite à Hambourg, il l'assommait avec des griefs et des jérémiades dont le garçon ne pouvait ni ne voulait comprendre l'origine.

Certaines personnes ont présenté plus tard Harry Meyen comme une victime – de qui ? – que l'abus de médicaments et d'alcool aurait empêché d'assumer la réalité. Pour moi, il n'avait rien d'une victime. Au contraire. Meyen avait du talent et, dans une certaine mesure, eu du succès. Mais il ne savait maîtriser ni l'un ni l'autre. Cela peut expliquer son échec dans son rôle d'époux, de père et, au bout du compte, d'être humain.

En avril 1979, nous étions donc partis, Romy et moi, pour Puerto Valerta au Mexique. Nous louâmes la maison que Richard Burton et Elizabeth Taylor avaient habitée pendant leur voyage de noces. Nous fîmes du cabotage sur un bateau de location, nous jetâmes l'ancre dans les baies les plus pittoresques, bref, nous goûtâmes durant quelques jours la douceur du farniente. Un soir, regagnant tout doucement le port de plaisance, nous rencontrâmes l'un des hommes qui firent l'histoire du cinéma de notre siècle : John Huston. Grâce à Romy j'avais déjà pu faire la connaissance de nombreuses personnalités, mais je dois avouer que le colosse à la barbe blanche et fournie, avec ses bons yeux intelligents entourés de cernes profonds, m'impressionna comme jamais aucun artiste, politicien, écrivain ou scientifique ne l'avait fait auparavant.

À cette époque, Huston était certes à la fin d'une longue existence, mais j'eus l'impression que s'il séjournait dans ces latitudes humides et chaudes des côtes mexicaines du Pacifique, c'était aussi et surtout pour entretenir sa santé. Il me fit l'effet d'un homme extrêmement vivant, très éloigné du vieillard faible et fatigué que mentionnaient certains articles. N'allait-on pas jusqu'à dire que dans la maison et le bureau de son vieil ami et agent Paul Kohner, sur Sunset Boulevard à Los Angeles, il ne se déplaçait plus, les derniers mois de sa vie, qu'avec un masque à oxygène sur le visage et une bouteille d'oxygène à la main ?

En fait, John Huston était tombé amoureux dix ans auparavant de ce pays et d'une petite île plantée au large comme un promontoire. « Le Mexique et les gens qui y vivent exercent sur moi une sorte de magnétisme, nous avoua-t-il. Ici la vie est encore réduite aux choses réellement essentielles – l'amour et la haine, la tristesse et la joie, et surtout l'hospitalité et le désir de vivre. Tout cela me fascine. » C'est après le tournage de *La Nuit de l'iguane* qu'il avait acquis le rocher au milieu du Pacifique sur lequel se trouvait sa maison. Il l'avait découvert en cherchant un lieu de tournage pour les deux acteurs principaux, Ava Gardner et Richard Burton. Son cadre naturel impressionna tant le vieil homme d'Hollywood qu'il renonça à tout progrès technologique qui ne lui semblait pas absolument indispensable pour assurer son quotidien. Sur cette île sans nom, il n'avait pas même le téléphone.

Durant ces journées d'avril, Huston nous invita à lui rendre visite. Il n'était entouré que de Mexicains qu'il considérait comme sa famille. Les conversations que nous eûmes furent si stimulantes, ses récits si envoûtants et palpitants que dès la première invitation nous passâmes la nuit sur son île. Il eût été trop dangereux de regagner le continent de nuit dans notre embarcation de location. À tout hasard, avant notre départ, nous avions prévenu nos logeurs de cette éventualité.

Le jour même de notre retour de « Huston Island », le 15 avril 1979, le dimanche de Pâques, on nous appela à Puerto Valerta. C'était Nadou, la gouvernante des enfants, qui voulait parler à Romy. Elle avait une mauvaise nouvelle à lui communiquer : Harry Meyen s'était pendu avec une écharpe à l'échelle de secours de son appartement à Hambourg.

Romy, qui avait pourtant à cette époque toutes les raisons d'en vouloir à Meyen, notamment pour son comportement envers David, fut très affectée par ce suicide. Elle ne put s'empêcher d'en parler devant Huston lorsque nous lui fîmes une deuxième visite : « Cela me fait de la peine », lui dit-elle d'une voix étrangement atone. Il y avait beaucoup de tristesse dans sa voix, mais pas de désespoir. Depuis des années déjà, sa relation avec Meyen se résumait à quelques rares contacts inévitables, le plus souvent téléphoniques ou épistolaires.

Huston, entouré de sa famille mexicaine, ouvrit dans un mélange d'anglais et d'espagnol une discussion sur le droit moral de se donner la mort. Lui-même condamnait ce geste. Romy l'écouta sans dire grand-chose.

Dans de nombreux reportages et biographies qui évoquent ce triste épisode, on peut lire que Romy, atterrée par la perte de son ex-mari, aurait immédiatement quitté le Mexique pour se rendre sur sa tombe. L'un d'eux, particulièrement bien informé, a même affirmé que j'avais insisté pour qu'elle reste : « De toute façon on ne peut plus rien y changer », aurais-je dit. Voici donc la vérité : Romy décida sans la moindre hésitation de rester chez John Huston et de quitter le Mexique comme prévu quatre jours plus tard. « Pourquoi, se demanda-t-elle comme pour défendre sa position, rentrerais-je maintenant ? Pour traîner David le plus vite possible à un enterrement ? Pour voir un mort ? Pour rencontrer la presse allemande aux aguets ? Pourquoi ? » Et si Romy ne dissimula pas un instant que la mort de Meyen l'avait affectée, elle n'en ressentit certainement pas un chagrin désespéré.

Comme prévu, donc, nous restâmes encore quatre jours à Puerto Valerta. Puis nous nous envolâmes pour Paris. Romy ne voulant pas infliger à David l'enterrement de son père, celui-ci partit avec moi à Ramatuelle. Romy prit l'avion pour Hambourg afin de régler toutes les formalités consécutives à la mort de Meyen.

Elle s'occupa de l'enterrement toute seule. En catimini. Sans discours. Sans pompe. Et le lendemain, elle rentra à Ramatuelle via Paris. Après quelques journées de repos et de préparatifs, de nouveaux tournages l'attendaient.

28

La débâcle financière

Les cachets réels de Romy n'avaient rien à voir avec les sommes astronomiques qu'évoquaient les rumeurs. Et ils ne représentaient pas grand-chose, pour cette star internationale, si l'on tient compte de toutes les difficultés du tournage et du renoncement régulier à une certaine qualité de vie, loin de sa famille. Les relevés de virements sur son compte permettent de rétablir ce qu'il en est. Ils indiquent qu'elle veillait effectivement à ne pas exiger des cachets mirifiques, ce que certains contestaient avec un petit sourire. Elle ne voulait pas entrer dans ces parties de poker fou auxquelles s'adonnaient déjà, à l'époque, d'autres acteurs américains ou européens. Pour la première mise en scène de Bertrand Tavernier, Romy, au côté de l'acteur principal Harvey Keitel, toucha la somme de 1 108 663,44 F. Ce cachet fut perçu comme suit : 112 500 F à la signature du contrat, 619 333,44 à la fin du tournage. À cela s'ajoutent 45 000 F d'indemnités non imposables et trois virements de 90 000 F, le solde du cachet, reçus respectivement les 10 et 22 novembre, ainsi que le 10 décembre 1979. Il faut encore ajouter 61 800 F pour le doublage du film en anglais.

En 1979, pour la première fois, et sans subir aucune pression, Romy décida de déclarer ses revenus en France. Non qu'elle ait soudain eu le sentiment d'avoir été en infraction les années précédentes, mais elle détestait tout ce qui n'était pas clair. Cela lui pesait trop.

Bien qu'elle n'eût presque pas de temps pour s'occuper de ses finances, que divers conseillers, entre autres suisses, avaient en charge, elle me fit part de ses doutes : « Crois-tu que notre conseiller financier soit vraiment au courant des dernières évolutions des lois fiscales en Europe ? » Ce genre d'inquiétude la déstabilisait. Or Romy pouvait supporter un tas de choses, mais, depuis sa séparation d'avec Meyen, pas d'être déstabilisée.

Elle préféra alors s'affranchir.

En tout et pour tout Romy gagna, en 1979, 1 628 041,94 F. Au cachet de *La Mort en direct* s'étaient ajoutés 373 891,19 F, représentant le dernier versement pour le film tourné avec Yves Montand, *Clair de femme* (qui lui avait rapporté 185 441,87 F l'année précédente), ainsi qu'une avance de 165 000 F pour *La Banquière* payable, suivant le contrat, le 6 novembre 1979.

En janvier 1984, c'est-à-dire deux ans après la mort de Romy, le fisc français – parce que j'étais l'ex-mari de l'actrice et donc responsable de ses dettes – me réclama pour cette seule année 1979 la somme de 2 349 000 F. L'administration tenait apparemment beaucoup à montrer qu'un chef de famille demeurait responsable, même s'il était marié sous le régime de la séparation de biens. Un an plus tard, je l'ai dit, la loi serait modifiée sur ce point, mais je n'ai pu bénéficier de ce changement.

Je n'avais pourtant jamais eu accès qu'à deux comptes : le mien propre (n° 458 174-03) au Crédit du Nord (succursale d'Anjou) et celui de Romy (n° 456 147-43) dans la même succursale. Ils suffisaient à couvrir nos frais courants. Je n'avais pas accès, en revanche, aux comptes sur lesquels passaient les grosses transactions de Romy, ses cachets, ses achats immobiliers, les salaires des employés de maison et autres dépenses personnelles. Ces comptes portaient les numéros 457 933-42 et 462 910-42 et étaient aux noms des sociétés responsables de ses affaires. Romy était la seule personne à avoir une procuration.

Quoi qu'il en soit, le fisc parla de sociétés écran et nous accusa, par ailleurs, Romy et moi, d'avoir « un train de vie particulièrement élevé ». Pour étayer cette accusation, il cita des employés qui n'avaient jamais été les nôtres : des chauffeurs de sociétés de production, des employés de maison et des jardiniers imaginaires. On établit également la liste détaillée des voitures que nous avions eues entre 1973 et 1981. Y figurait même la Porsche que j'avais achetée pour le prix ridicule de 15 000 F, et dont j'avais fait l'acquisition bien avant de rencontrer Romy. Outre cette Porsche, l'administration mentionnait les cinq véhicules que nous avions détenus entre 1974 et 1981 : la Bentley marron métallisé immatriculée 4021 XT 75, la Range Rover pour Ramatuelle, 15 ASK 75, la Jaguar 481 BPZ 75, la Ferrari noire 849 CDJ 75 ainsi que la Cadillac 475 CML 75. Il s'agissait chaque fois de voitures d'occasion, et nous revendions la précédente à chaque nouvelle acquisition. Et de toute façon, je ne vois toujours pas en quoi cette liste, sur huit ans, révèle un train de vie somptueux pour une star internationale.

Sauf, sans doute, dans l'esprit d'un inspecteur des impôts...

Dans l'ensemble, d'ailleurs, il faudrait regarder d'un peu plus près les étranges raisonnements de l'administration fiscale en France. Au cours des années qui précédèrent notre rencontre, le fisc n'avait jamais rien trouvé à redire au fait que Romy se soit domiciliée au 50, Segantinistrasse à Zurich, pour toutes ses affaires administratives et fiscales. Pas seulement à l'époque qui précéda son deuxième retour en France, mais également durant celle où elle tourna dans *Le Trio infernal, Un amour de pluie, Le Train* ou *Le Mouton enragé.* Après la conclusion du traité fiscal entre la France et la Suisse, l'administration avait reconnu sans difficulté la compétence de la Suisse pour les affaires fiscales de Romy.

On avait également reconnu la validité du contrat passé avec la société suisse qui lui procurait un revenu régulier mais lui interdisait de réclamer une quelconque couverture sociale à l'État français. Cette société payait la totalité des impôts de Romy sur les cachets perçus en Suisse et s'engageait à lui verser jusqu'à expiration du contrat, en 1978, 12 000 F suisses par mois. Elle s'engageait de plus à couvrir tous les risques auxquels une actrice est exposée dans le monde éphémère du show-business.

En ce qui concerne l'année 1976, l'argumentation du fisc français est tout aussi douteuse. L'administration prétendit que le centre fiscal de l'activité de Romy avait été la France. Ce qui n'est pas très plausible dans la mesure où Romy avait presque exclusivement résidé à l'étranger, aussi bien pour son travail que pour ses séjours privés. *Une femme à sa fenêtre* avait été tourné entre le 29 avril et le 2 juin 1976 en Italie et en Grèce. Les onze semaines de tournage de *Portrait de groupe avec dame* avaient toutes eu lieu en Allemagne et en Autriche. Seule sa rapide mais impressionnante apparition dans *Mado*, de Claude Sautet, avait été tournée dans l'Hexagone.

Le fisc ne céda pas. Même pour l'année 1976, il réclama son tribut sur tous les cachets que Romy avait touchés, soit la somme faramineuse de 1 846 428 F. Pourtant, Romy n'avait presque pas travaillé en France et à peine séjourné cent jours dans le pays. Après sa mort, c'est à moi que l'on présenta la facture finale pour 1976, assortie de pénalités et de majorations, soit 5 539 284 F. L'ensemble des cachets, pour cette année où, je le répète, elle avait essentiellement travaillé à l'étranger, s'élevait à exactement 2 895 017 F. Voilà comment opéraient les fonctionnaires du Trésor public.

Comme Romy avait une sainte horreur des histoires d'argent et qu'elle détestait le manque de clarté, elle décida dès 1978 de déclarer l'ensemble de ses revenus en France. Le contrat avec les Suisses s'achevait cette année-là. D'un commun accord, il ne fut pas renouvelé.

Nous le savons aujourd'hui, cela ne servit à rien. Depuis le 12 janvier 1984, on attend de moi que je règle 11 223 144 francs.

Et les intérêts continuent à courir : cette somme doit atteindre aujourd'hui un niveau tellement astronomique que même en y sacrifiant toute mon existence, il ne me sera jamais possible de la payer.

29

Fantôme d'amour

À la fin de l'été 1980, nous décidâmes de rentrer à Paris. Cette décision n'avait rien à voir avec notre couple. Nous l'avions prise pour David. Une fois la saison passée, Ramatuelle et sa région devenaient solitaires et tranquilles. Cela nous plaisait beaucoup, à Romy et à moi, surtout après les épuisants tournages où elle donnait toujours le maximum d'elle-même, tant physiquement que psychiquement. En revanche, Saint-Tropez n'était pas du goût d'un jeune garçon très éveillé et curieux qui préférait aller faire le fou avec une bande de copains. Ses jeunes amis parisiens lui manquaient encore plus que pendant l'été. Et comme Romy s'était toujours mise en quatre pour son fils, cela ne lui posa pas un grand problème de retourner vivre à Paris. Nous réemménageâmes donc en ville, dans un appartement de l'avenue Bugeaud. Quelque temps plus tard, Romy allait dépenser une somme considérable pour sa rénovation.

David en fut doublement heureux. Il vit, d'une part, que nous étions prêts à tout faire pour lui. Et puis le directeur de sa nouvelle école fit preuve à son égard de beaucoup de compréhension et de sensibilité. Dès le premier jour, et comme je l'ai raconté, David demanda à rencontrer ce directeur et lui dit, d'un ton fier et sûr de lui : « Je m'appelle David Biasini. » L'homme l'a donc inscrit sous ce nom puis, peu de temps après, il me fit venir dans son bureau pour me faire la proposition suivante : « Nous pouvons inscrire David pendant un certain temps sous le nom de Biasini, mais pour l'avenir, je vous recommanderais de l'adopter afin d'éviter tout problème. »

C'était une proposition raisonnable. Certes, elle nous vaudrait de batailler quelques mois contre l'Administration. Mais de toute façon la guerre avait déjà commencé... En tout cas, cette proposition nous plut à tous, y compris à mes parents qui étaient pour David de véritables grands-parents.

Cependant, les événements dramatiques qui s'abattirent sur nous du jour au lendemain m'empêchèrent de me consacrer exclusivement à David. À la fin de l'automne 1980, Romy commença un tournage à Pavie, dans le nord de l'Italie, sous la direction de Dino Risi. Dans *Fantôme d'amour,* Marcello Mastroianni tenait le premier rôle masculin. L'un des assistants était un jeune homme venu de Paris, Laurent Pétin.

Romy arriva par avion, à la date convenue. Mais le jour du tournage, je reçus un appel de Pavie : « Monsieur Biasini, où est votre femme ? On n'arrive pas à la joindre à l'hôtel, elle n'est pas venue sur le plateau – nous sommes là à l'attendre sans pouvoir travailler. » Il y eut un blanc, puis le directeur de production poursuivit : « Il est sans doute inutile de vous dire que si les choses ne sont pas très vite clarifiées, nous devrons considérer qu'il y a rupture de contrat. Et celui-ci prévoit des mesures très précises dans un tel cas de figure. »

La perspective du scandale, du dédit à payer et – surtout – ma grande inquiétude concernant Romy ne me firent pas hésiter longtemps. J'appelai mes parents pour qu'ils s'occupent des enfants, pris quelques chemises et montai dans ma voiture. Avec la Ferrari noire, je fis le trajet de Paris à Pavie en un temps record. Je vécus ensuite le début d'un drame qu'aujourd'hui encore je ne parviens pas à comprendre.

Romy était à l'hôtel. Elle s'était enfermée dans sa chambre. Manifestement elle s'y trouvait déjà au moment où la production m'avait appelé à Paris.

J'ouvris la porte et j'eus aussitôt un mouvement de recul. Romy me regardait, les yeux grands ouverts et le regard fixe. Elle était en peignoir. Son regard semblait braqué sur moi, mais il ne s'y arrêtait pas : il me traversait et se perdait dans l'infini. Elle se tenait à moitié couchée sur son lit. Ses mouvements étaient lents, comme si elle bougeait au ralenti.

Au début, il fut presque impossible de discuter avec elle. Elle semblait totalement désespérée. Il me fallut un certain temps pour réussir à lui arracher quelques bribes d'explication. Parmi ses affaires, je trouvai plusieurs boîtes d'Optalidon. Dans l'une, il manquait trois suppositoires. Romy m'avoua qu'elle s'était fait un « cocktail » avec trois bouteilles de vin rouge qui avaient produit leur effet. Elle était comme paralysée.

D'une voix tremblante, elle bredouilla : « J'ai eu tellement peur. Peur de cette première journée de tournage. »

Je dois dire que j'étais désemparé. Bien sûr, Romy n'avait encore jamais abordé un projet de film le cœur léger et les mains dans les poches. Mais de là à avoir peur de se rendre sur un plateau, il y avait une marge que je ne parviens toujours pas à m'expliquer.

Je réussis à la sortir de son hébétude. Je fermai les stores, changeai ses vêtements trempés de sueur et m'arrangeai avec la production et l'hôtel pour qu'elle puisse dormir quatorze heures sans être dérangée.

Les gens de la production se montrèrent

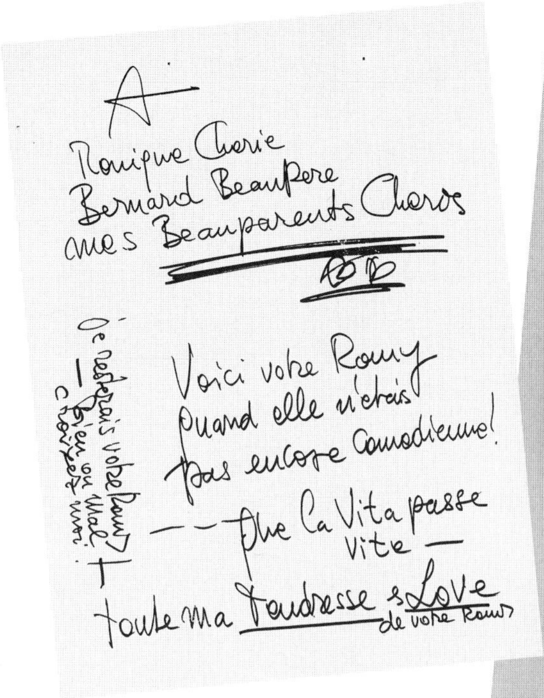
A
Monique Chérie
Bernard Beaupère
mes Beauparents Chéris

Voici votre Romy
quand elle n'était
pas encore comédienne!
— — Que la Vita passe
vite —
toute ma Tendresse & Love
de votre Romy

Je resterais votre Romy
— bien ou mal —
croyez moi. +

Romy à trois ans (en haut) et Sarah à deux ans (en bas).
Quelques mots écrits par Romy au dos de sa photo d'enfant.

*Romy et David sur le tournage d'*Une histoire simple *(1978).*

*Sur le plateau d'*Une histoire simple *(1978).*

Maman Romy
avec David et Sarah
(Ramatuelle, 1978).

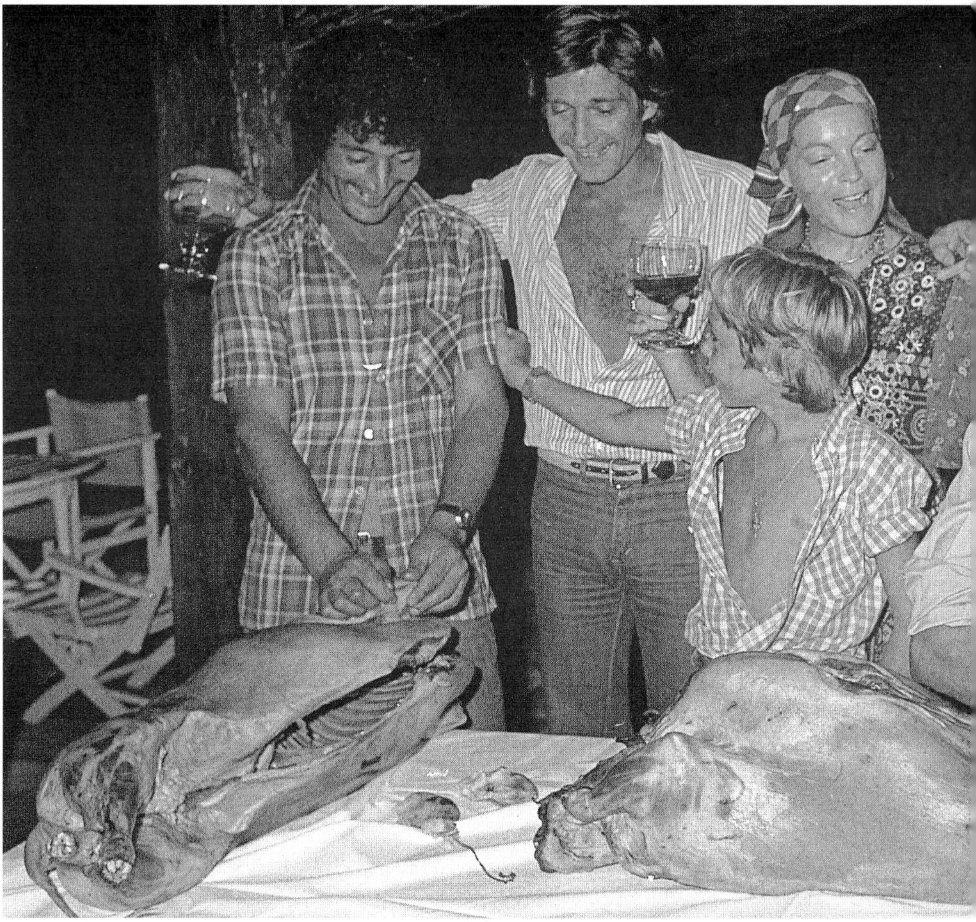

Préparatifs d'un méchoui…

…à Ramatuelle (1978).

Papa Daniel...

...et maman Romy avec Sarah (Ramatuelle, 1978).

Les vendanges à Ramatuelle (1978).

Romy avec mon frère Charly…

… Et Romy, Sarah et moi (Ramatuelle, 1978).

Romy bouddhiste (Ramatuelle, 1979).

Jeux dans l'eau
(Ramatuelle, 1979).

Conversation à trois.

Rafraîchie après un bain dans la piscine (Ramatuelle, 1979).

Sarah avec sa maman…

… et la famille au complet (Ramatuelle, 1979).

Un été à la campagne (1979).

À Ramatuelle et à Paris (1979).

Prise sur le vif (1979).

Devant une photo dédicacée par Luchino Visconti qu'elle aime et qu'elle vénère, souvenir du tournage de Louis II/Ludwig ou le crépuscule des dieux *(Paris, 1980).*

compréhensifs et acceptèrent que ma femme commence son travail avec trois jours de retard. Nous fîmes ensemble de longues promenades et parlâmes beaucoup. Je veillai à ce que Romy mange peu et ne boive que de l'eau et du thé, restant auprès d'elle une semaine entière à Pavie. Puis je rentrai à Paris à peu près rassuré.

J'ignorais qu'il ne lui restait plus que dix-neuf mois à vivre.

30

La fin

Parmi les critiques qui suivirent la première de *Fantôme d'amour*, on put notamment lire dans *Le Monde* cet éloge de la grande actrice : « Romy Schneider, le visage marqué par la maladie et la souffrance comme si elle n'était pas maquillée, joue le rôle d'Anna avec un talent étonnant. Mais avec sa beauté parfaite et rayonnante, elle exprime aussi l'amour le plus sauvage, un rêve de jeunesse qui ébranle le monde préservé qui est le sien. »

Le journaliste avait visé juste, manifestement à son corps défendant. Ce que la presse féminine et bon nombre de plumitifs pathétiques attendaient depuis si longtemps était effectivement survenu. J'avais rarement lu dans un journal des mots aussi justes sur Romy. À cette nuance près, toutefois : ce qui se présentait comme la critique d'un rôle était aussi une étonnante analyse psychologique – quoique involontaire – de la personne de Romy Schneider. Le désespoir apparemment joué était réel, le déchirement intérieur existait bel et bien depuis le tournage, en Italie du Nord, du film de Dino Risi.

Rien ne s'était produit dans notre couple qui pût expliquer un désespoir aussi grand. Tout au contraire : les enfants, qui avaient toujours joué un rôle prépondérant dans son équilibre psychique, étaient heureux et en parfaite santé.

Mais en 1980, le germe d'insatisfaction qui taraudait Romy depuis plusieurs mois avait poussé de longues racines. Nos disputes se multipliaient à propos de broutilles. Le syndrome « ça manque de sel » commençait à saper notre mariage.

Je dois reconnaître que je ne me suis pas toujours comporté comme il aurait fallu à l'égard d'une personne aussi sensible que Romy. Tantôt je rejetais nerveusement ses reproches, tantôt je cherchais mon salut dans la fuite. Je passai ainsi la quasi-totalité du mois de janvier 1981 dans une voiture engagée sur le Paris-Dakar. Je partis ensuite rendre visite à des parents qui habitaient à Los Angeles. Romy dut choisir un autre accompagnateur pour la cérémonie annuelle des Césars, et elle se rendit à

Cannes avec David qui prit place à côté de Catherine Deneuve et d'Yves Montand.

Je sentais plus ou moins confusément que rien ne pourrait plus sauver notre couple. Il se peut que ma principale erreur ait été de ne plus jamais avoir contribué activement à le reconstruire, même lorsque Romy, redevenue forte et calme, se disait prête à se battre pour que nous restions ensemble. Je supportais par exemple de plus en plus mal qu'elle me rappelle inlassablement notre différence d'âge : « Quand j'aurai cinquante ans, tu en auras trente-neuf ! Quand j'aurai soixante ans, tu en auras quarante-neuf ! Comment veux-tu que ça marche ? »

Cela ne pouvait pas marcher, parce que l'entendre répéter cette phrase était devenu pour moi une torture. Pour ma part, je ne voulais vivre ni dans l'avenir ni – encore moins – dans le passé, mais exclusivement au présent, le seul temps qui compte. Romy ne voulait pas en entendre parler. Elle avait toujours eu un besoin impérieux de régler sa vie comme un chef d'état-major. Et c'était plus vrai que jamais depuis que nous avions fêté ses quarante ans dans la paix de Saint-Tropez.

Je passai de moins en moins souvent à l'offensive. Quelques jours avant les fêtes de Noël 1980, juste après son retour du tournage de *Fantôme d'amour*, je découvris de nouveau des médicaments dans ses affaires. Son sac à main était rempli de boîtes d'Optalidon. Il était clair que, après des années d'abstinence, elle avait rechuté. Dieu sait ce qui l'avait fait retomber dans cette spirale infernale. Les photos prises à cette époque montrent toutes qu'elle avait perdu son équilibre physique. Cela se lisait sur son visage : il était enflé, elle avait souvent des poches sous les yeux et de plus en plus de mal à faire ressortir sa beauté naturelle.

Les rechutes se succédèrent. Au début, elles ne furent pas aussi sérieuses que celle de Pavie, mais les symptômes étaient évidents : des gestes hésitants, de légers problèmes d'élocution et ce regard fixé dans le vide. Romy semblait absente et dépressive, un état qui alternait avec de subits accès d'angoisse et une sorte de délire de persécution.

Je me mis à fouiller tout notre appartement de l'avenue Bugeaud à la recherche de médicaments. Quand je pouvais mettre la main dessus, ce qui n'était pas rare, je les cachais ou les jetais carrément. Un jour, cela provoqua une violente altercation. Romy voulut m'empêcher de vider au-dessus des toilettes le contenu de son sac à main, presque exclusivement constitué de cachets et de suppositoires.

Sous leur emprise et celle de l'alcool, Romy perdait de plus en plus souvent son self-control. Las des discussions qui s'ensuivaient, je m'occupais plus de Sarah et de David que d'elle-même. Ce dernier, qui passait la majeure partie du temps chez ses « grands-parents », à Saint-Germain-en-

Laye, ne se rendit pas vraiment compte, au début, de ce qui se passait. Au printemps 1981, je l'emmenai avec moi passer une semaine à Los Angeles.

On rapporte que Romy aurait désapprouvé ma relation avec son fils David. Ce qui est certain, c'est que jusqu'à sa mort, elle s'est toujours surpassée pour le rendre heureux, dût-elle pour cela renoncer à lui témoigner son affection maternelle. Il était préférable pour lui de rester dans le havre de sécurité de Saint-Germain-en-Laye. C'est lui-même qui l'avait choisi, sans aucune pression de notre part, en toute liberté et tout en continuant à aimer sa mère de son amour d'enfant. Je ne suis pas en mesure de juger si un cœur aussi sensible que le sien était capable de haine. Mais une chose est sûre : David n'aimait pas le nouveau compagnon de sa mère. Et au plus profond de son cœur d'enfant, il le rendait responsable du fait que la famille qu'il avait tant désirée se décomposait peu à peu, une fois de plus.

Au cours des premiers mois de l'année 1981, nous nous quittâmes souvent, Romy et moi, en nous disant : « Séparons-nous quelque temps, prenons le temps de réfléchir à ce que nous devons faire. » Mais j'ai du mal à chasser l'idée que quelqu'un a profité de mon voyage en Californie avec David pour monter Romy contre moi. Je ne parviens pas à m'expliquer autrement comment elle a pu croire, par exemple, que j'avais entraîné David à fumer du haschich. Quelle idée aberrante : j'aurais préféré mourir ! David fit avec moi ce que font des millions d'enfants de son âge quand ils visitent Los Angeles : découvrir les célèbres Studios Universal, le Magic Mountain, Disneyland et autres lieux touristiques. Dans ces conditions, évidemment, il revint à Paris heureux et excité, et il eut bien du mal à affronter de nouveau la réalité.

*
**

Comme souvent dans ce genre de cas, je fus le dernier à apprendre que Romy avait une liaison avec Laurent Pétin. David lui-même l'avait su sans le savoir, par intuition. Pas besoin d'être un grand psychanalyste pour imaginer ce qui se passait en lui et comprendre qu'il cherchait à se mettre à l'abri de cette situation, fût-ce par une violence verbale évidemment inefficace.

Pourtant, durant toute cette période, entre novembre 1980 et notre divorce – en mai 1981 –, il y eut certains moments où tout était redevenu comme avant. Romy, je l'ai dit, passa même chez moi la nuit qui suivit l'audience de conciliation. Il lui était insupportable de penser qu'après cette séparation, son fils aimé allait lui échapper. Il est vrai que David était déchiré. D'un côté il adorait sa mère, de l'autre l'éclatement de sa famille le faisait souffrir.

Certains épisodes de cette époque m'ont causé une étrange émotion. Ce fut par exemple le cas de cet entretien auquel on a souvent donné le nom ampoulé de « dernière grande interview de Romy Schneider ». J'y ai déjà fait allusion et je ne m'attarderai pas sur son contenu, mais je tiens à préciser les circonstances dans lesquelles elle s'est déroulée.

Romy se trouvait à Quiberon : elle aimait beaucoup cette petite station balnéaire et s'y rendait volontiers quand elle avait besoin de repos et de tranquillité.

Elle en avait tout autant besoin cette fois-là. Mais une équipe de journalistes qui prétendaient s'inquiéter de sa santé arriva à Quiberon et, dès le premier soir, l'entraîna dans un bar. Pour la « détendre », en quelque sorte, avant l'interview du lendemain. On but beaucoup, et même énormément. Le lendemain, on eut le bon goût de se plaindre d'une « migraine commune », censée « créer des liens ». Romy, en tout cas, était tellement en transe ce soir-là qu'elle se mit à danser, au beau milieu de la nuit, avec un pêcheur du cru. Chaque fois que je revois ces photos de Romy, pleurnicharde, le visage gonflé, dans les bras d'un vieil homme, je ne peux m'empêcher de penser au spectacle indigne de ces ours que l'on faisait danser devant la foule. Quel exploit !

Dès que les images spectaculaires furent fixées sur la pellicule, on abandonna Romy à elle-même et à l'alcool pour le reste de la nuit. J'ai vu un jour, je ne sais plus où, un document infâme qui témoigne encore de cette nuit. Il est écrit de la main de Romy, et l'on voit bien que ce n'est pas l'écriture d'une personne ayant toute sa lucidité : « Et je me saoule... Et vous, vous êtes où ? Merde. »

On s'en doute, une femme aussi affaiblie (c'est pour cela qu'elle était en cure) ne pouvait pas avoir toutes ses capacités physiques le lendemain. Et ce qui devait arriver arriva : pendant les prises de vues, elle trébucha sur un rocher et se cassa la jambe.

*
**

La date de tournage de son dernier film, *La Passante du Sans-Souci*, dut être reculée une première fois à cause de cette grave blessure. Une opération dramatique l'obligea à la repousser une seconde fois, en mai 1981. Romy, en proie à de violentes douleurs, fut transportée à l'hôpital de Neuilly et opérée quelques heures plus tard. Les médecins procédèrent à l'ablation d'un rein atteint d'une tumeur. Quand Romy fut de nouveau à peu près remise, au mois de juin, elle eut un dernier rendez-vous avec David.

J'avais appris au jeune garçon que, selon la loi française, une audience de conciliation devait avoir lieu avant tout divorce. Je ne lui avais laissé aucun faux espoir : cette tentative de réconciliation judiciaire n'avait aucune chance d'aboutir. Mais il se cramponnait quand même à cette idée. Il revit sa mère dans les studios où, après sa fracture et l'opération de sa tumeur, elle travaillait au doublage du film *Garde à vue*. Les photos qui furent prises à cette occasion témoignent d'une grande tendresse entre mère et fils. David tenta d'infléchir sa mère. Il désirait revivre les beaux moments que nous avions passés ensemble. Cette entrevue dans les studios de postsynchronisation fut la dernière rencontre entre la mère et son fils. Onze jours plus tard, David était mort.

Et Romy survécut à peine dix mois à son fils.

*
**

Je ne sais que peu de choses de cette période de sa vie, car en octobre 1981 notre union, qui n'existait plus dans les faits depuis des mois, fut dissoute officiellement. Je savais qu'elle vivait avec Laurent Pétin à Boissy-Sans-Avoir, à une cinquantaine de kilomètres de Paris, dans une belle maison de campagne qui appartient aujourd'hui à ce monsieur.

C'est également de cette époque que date un étrange bout de papier reproduit ensuite dans de nombreux magazines et dans les biographies de Romy. J'ignore dans quelles circonstances ont été écrites ces « Dernières volontés » datées du 10 mai 1982. D'une écriture presque folle, désespérée, couvrant une feuille de papier brouillon, elle désigna Laurent Pétin et Sarah (!) – je souligne l'ordre des noms – comme uniques héritiers.

Dix-neuf jours après la rédaction de cet étrange testament, elle était morte.

Pour mon fils !

Que je suis heureuse et remplie de bonheur quand je monte, tard dans la nuit, voir mes enfants dormir...

Toi, mon grand David qui est, – [quand il le veut bien]

un grand gentil –

et elle – ta petite sœur, toute petite dans son lit blanc, et à côté d'elle sa première petite poupée – poupée de son frère – de Toi –

Que cela me fait du bien de vous voir... et alors –

moi aussi je vais me coucher tout doucement à côté du grand Dan qui s'est endormi avec son livre dans les mains...

Voilà – tu vois, je suis toujours la dernière à dormir dans notre casa, mais j'aime bien ça...

À demain chéri – sois bien à l'école et après on va lire ensemble. Bonne matinée ! Des baisers tendres... et tu donneras aussi un bisou à notre gentille Nadou ! de ma part...

Ta mamma

Pour mon Fils !

Que je suis heureuse et remplie de bonheur quand
je monte, tard dans la nuit, voir mes enfants dormir ----
Toi, mon grand david qui est aussi, -(quand il le veut bien -)
un grand gentil -

et elle - ta petite soeur, toute petite dans son lit blanc, et a coté
d'elle sa premiere petite poupeé — poupee de son frere - de Toi -
Que cela me fait du bien de vous voir ---- et alors -
moi aussi je vais me coucher tout doucement a coté du grand
Dan qui s'est endormi avec son livre dans les mains ---
Voila - tu vois je suis toujours la derniere a dormir dans notre
casa, mais j'aime bien ca ....

A demain cheri - sois bien a l'Ecole et apres on va lire ensemble.
Bonne matinee ! Des baisers tendres --- et tu donnera aussi
un bisou a notre gentille Nadou ! de ma part .... ta Mamma.

Épilogue

par Marco Schenz

Que ta parole soit : oui, oui – non, non.
Car parmi tout ce que la nature humaine a
[de mauvais,
la fausseté, la méchanceté, l'abjection,
le pire est la fausse parole, le mensonge.
Si l'homme était vrai un jour, il serait bon
[aussi.

FRANZ GRILLPARZER
Malheur à celui qui ment

Comment savoir ce qui est vrai ? En établissant la moyenne arithmétique de toutes les perceptions ? En nous approchant le plus possible de l'objet que nous observons ?

Ces méthodes ont sans doute fait leurs preuves dans beaucoup d'autres cas où la vérité est encore cachée. Ce n'est sans doute pas vrai dans celui de Romy Schneider. Les biographies parues jusqu'ici, les témoignages, la montagne d'articles de journaux et d'analyses consacrés à une femme qui fascina des millions de personnes réparties sur trois générations permettent, au mieux, de deviner ce que peut être cette vérité. Et les lecteurs de ce livre où l'on a tenté de faire la part du mensonge, du réel et de l'inexact partageront sans doute mon constat.

Il se peut que l'homme qui fut le second mari de Romy ne soit lui aussi que le porteur d'une vérité subjective lorsqu'il affirme : « Elle était comme cela, et pas autrement. »

Ce qui nous a frappés, au cours des nombreux mois de collaboration avec Daniel Biasini, ce fut sa manière méticuleuse, presque maniaque, de replacer les événements passés sous leur jour véritable. Il se demanda par exemple, en relisant ce texte, s'il ne valait pas mieux écrire « insouciant » plutôt qu'« heureux ». Parfois, pour ne pas céder au désir d'une vengeance tardive, il a refusé de présenter des faits irréfutables qui auraient pu démonter des mensonges manifestes. Il a épargné certaines personnalités plus ou moins importantes qui, naviguant dans le sillage de Romy Schneider, ont cherché à profiter d'une grande artiste si malheureuse à la fin de sa vie. Biasini n'a pas voulu s'offrir ce triomphe facile : confronter des gens sans défense à des faits qui les auraient montrés comme de petits menteurs stupides et vaniteux. Surtout lorsque ces gens ne sont plus en vie.

Et malgré tout, lorsqu'on s'efforce d'apporter un peu de lumière dans cette sombre tragédie que fut la fin de Romy Schneider, on est obligé de poser certaines questions auxquelles Daniel Biasini, avec la meilleure volonté du monde, ne peut pas répondre. Il s'agit de questions qui, à ce jour, n'ont jamais encore été posées alors qu'elles s'imposent littéralement à nous dans « l'affaire Romy Schneider ».

– Pourquoi Romy a-t-elle justement recommencé à se droguer avec ce dangereux cocktail de sédatifs et d'alcool au moment de tourner *Fantôme d'amour* à l'automne 1980 ?

– Pourquoi n'a-t-on jamais mentionné la soudaine apparition de Laurent Pétin sur le plateau, pendant ce tournage ?

– Pourquoi ce testament bizarre écrit par Romy Schneider, le 10 mai 1982 à Zurich, n'a-t-il jamais été analysé par un graphologue ?

– Pourquoi a-t-elle rédigé à l'aube du 10 mai, dans sa chambre d'hôtel de Zurich, ces dernières volontés très confuses, alors qu'elle n'était manifestement pas au mieux de sa forme ?

– Pourquoi s'est-elle de nouveau trouvée seule au moment de sa mort, dix-neuf jours après cette funeste nuit zurichoise ?

À toutes ces questions, il existe peut-être des réponses tout à fait évidentes, compréhensibles et logiques. Mais on y trouve peut-être aussi des réponses que l'on serait en droit de qualifier « d'étranges ».

Comme le furent la vie et la mort de la grande actrice Romy Schneider.

Marco SCHENZ

ANNEXES

Remerciements

Je remercie tout particulièrement Mme Corinna Milborn pour ses conseils, et mon frère, Charles Biasini, pour m'avoir confié ses photos.

D. B.

Les rôles de Romy Schneider au cinéma, à la télévision et au théâtre

L'année indiquée est celle du tournage du film ou de la première de la pièce. Les abréviations signifient : RS = Romy Schneider (le nom entre parenthèses est celui de son rôle). D = Allemagne, E = Espagne, F = France, GB = Grande-Bretagne, I = Italie, ISR = Israël, Ö = Autriche, USA = États-Unis. On trouvera en italique le titre original ou la traduction française officielle, entre parenthèses et en italique le titre original en langue étrangère ou, en caractère romain, une traduction littérale pour les films qui n'ont pas été distribués en France.

1953

Wenn der weiße Flieder wieder blüht (Quand refleurit le lilas blanc) (D)
Réalisation : Hans Deppe
RS (Evchen Forster), Magda Schneider, Willy Fritsch, Paul Klinger, Albert Florath, Nina von Porembsky, Götz George

1954

Feu d'artifice (Feuerwerk) (D)
Réalisation : Kurt Hoffmann
RS (Anna Oberholzer), Lilli Palmer, Karl Schönböck, Claus Biederstaedt, Werner Hinz, Käthe Haack, Rudolf Vogel, Lina Carstens, Liesl Karlstadt, Ernst Waldow

Les Jeunes Années d'une reine (Mädchenjahre eine Königin) (Ö)
Réalisation : Ernst Marischka
RS (Victoria), Adrian Hoven, Magda Schneider, Karl Ludwig Diehl, Paul Hörbiger

1955

Mam'zelle Cricri (Die Deutschmeister) (Ö)
Réalisation : Ernst Marischka
RS (Constanze Hübner), Magda Schneider, Siegfried Breuer Jr., Hans Moser, Paul Hörbiger, Gretl Schörg, Wolfgang Lukschy, Adrienne Gessner, Susi Nicoletti, Josef Meinrad

Mon premier amour (Der letzte Mann) (D)
Réalisation : Harald Braun
RS (Niddy Hövelmann), Hans Albers, Joachim Fuchsberger, Rudolf Forster, Michael Heltau, Camilla Spira

Sissi (Ö)
Réalisation : Ernst Marischka
RS (Princesse Élisabeth de Bavière, dite Sissi), Karlheinz Böhm, Magda Schneider, Gustav Knuth, Uta Franz, Vilma Degischer, Josef Meinrad

1956

Sissi, impératrice (Sissi, die junge Kaiserin) (Ö)
Réalisation : Ernst Marischka
RS (Sissi, l'impératrice Élisabeth), Karlheinz Böhm, Gustav Knuth, Magda Schneider, Josef Meinrad, Senta Wengraf, Vilma Degischer, Walther Reyer

Kitty (Kitty und die große Welt) (D)
Réalisation : Alfred Weidenmann
RS (Kitty Dupont), Karlheinz Böhm, O. E. Hasse, Peer Schmidt, Charles Regnier

Un petit coin de paradis (Robinson soll nicht sterben) (D)
Réalisation : Josef von Baky
RS (Maud Cantley), Horst Buchholz, Erich Ponto, Magda Schneider, Mathias Wieman, Gustav Knuth, Gert Fröbe

1957

Monpti (D)
Réalisation : Helmut Käutner
RS (Anne-Claire), Horst Buchholz, Boy Gobert, Bum Krüger

Mademoiselle Scampolo (Scampolo) (D)
Réalisation : Alfred Weidenmann
RS (Scampolo), Paul Hubschmid, Victor de Kowa, Elisabeth Flickenschildt, Georg Thomalla, Walter Rilla, Eva Maria Meineke, Peter Carsten, Willy Millowitsch, Wolfgang Wahl

Sissi face à son destin (Sissi – Schicksalsjahre einer Kaiserin) (Ö)
Réalisation : Ernst Marischka
RS (Sissi, l'impératrice Élisabeth), Karlheinz Böhm, Magda Schneider, Gustav Knuth, Josef Meinrad, Vilma Degischer, Walther Reyer, Uta Franz, Senta Wengraf

1958

Jeunes Filles en uniforme (Mädchen in uniform) (D/F)
Réalisation : Geza Radvanyi
RS (Manuela von Meinhardis), Lilli Palmer, Therese Giehse, Sabine Sinjen, Christine Kaufmann, Blandine Ebinger

Christine (F/I)
Réalisation : Pierre Gaspard-Huit
RS (Christine Weiring), Alain Delon, Jean-

Claude Brialy, Sophie Grimaldi, Micheline Presle, Fernand Ledoux

Eva, carnets de jeune fille (Die Halbzarte) (Ö)
Réalisation : Rolf Thiele
RS (Nicole Dassau et Eva), Carlos Thompson, Magda Schneider, Rudolf Forster, Josef Meinrad, Gertraud Jesserer

1959

Mademoiselle Ange (Ein Engel auf Erden) (D/F)
Réalisation : Geza Radvanyi
RS (l'ange et l'hôtesse de l'air), Henri Vidal, Jean-Paul Belmondo, Michèle Mercier, Ernst Waldow

La Belle et l'Empereur (Die schöne Lügnerin) (D/F)
Réalisation : Axel von Ambesser
RS (Fanny Emmetsrieder), Jean-Claude Pascal, Helmut Lohner, Charles Régnier, Hans Moser, Josef Meinrad, Marcel Marceau, Helmut Qualtinger

Katia (Katja – die ungekrönte Kaiserin) (F)
Réalisation : Robert Siodmak
RS (Katia Dolgoruki), Curd Jürgens, Pierre Blanchard, Antoine Belpetre, Monique Mélinand, Margot Lion

1960

Die Sendung der Lysistrata (La Mission de Lysistrata) (D, télévision, NDR)
Réalisation : Fritz Kortner
RS (Myrrhine/Uschi Hellwig), Barbara Rütting, Karin Kernke, Ruth Maria Kubitschek, Peter Arens, Wolfgang Kieling, Karl Lieffen

1961

Dommage qu'elle soit une putain (F, Théâtre de Paris)
Comédie en deux actes de John Ford, mise en scène de Luchino Visconti
RS (Annabella), Alain Delon, Valentine Tessier, Pierre Asso, Daniel Sorano, Sylvia Montfort (120 représentations)

Boccace 70 (Boccaccio '70) (I/F)
Réalisation : Luchino Visconti
RS (Pupé), Thomas Milian, Paolo Stoppa, Romolo Valli

Le Combat dans l'île (F)
Réalisation : Alain Cavalier
RS (Anne), Jean-Louis Trintignant, Henri Serre, Pierre Asso, Diana Leporier

1962

La Mouette
Drame en quatre actes d'Anton Tchekhov

Mise en scène : Sacha Pitoëff
RS (Nina), Sacha Pitoëff, Pierre Palau, Lucienne Lemarchand

Le Procès (F/D/I)
Réalisation : Orson Welles
RS (Leni), Anthony Perkins, Jeanne Moreau, Elsa Martinelli, Madeleine Robinson, Orson Welles, Akim Tamiroff, Fernand Ledoux

Les Vainqueurs (The Victors) (USA)
Réalisation : Carl Foreman
RS (Regine), George Hamilton, George Peppard, James Mitchum, Peter Fonda, Eli Wallach, Rosanna Schiaffino, Melina Mercouri, Jeanne Moreau, Elke Sommer, Michael Callan, Albert Finney, Senta Berger, Peter Vaughan

L'Amour à la mer (F)
Réalisation : Guy Gilles
Daniel Maasmann, Geneviève Thénier, Guy Gilles et RS (*Guest star*)

1963

Le Cardinal (The Cardinal) (USA)
Réalisation : Otto Preminger
RS (Anne-Marie Lebedur), Tom Tryon, Raf Vallone, John Huston, Burgess Meredith, Josef Meinrad, Carol Lynley, John Saxon, Peter Weck

1963-1964

Prête-moi ton mari (Good Neighbour Sam) (USA)
Réalisation : David Swift
RS (Janet Lagerlof), Jack Lemmon, Michael Connors, Edward G. Robinson, Doroth Province

1964

L'Enfer (F, inachevé)
Réalisation : Henri-Georges Clouzot
RS (Odette Prieur), Dany Carrel, Serge Reggiani, Jean-Claude Bercq

Quoi de neuf, Pussycat ? (What's New, Pussycat ?) (GB/F)
Réalisation : Clive Donner
RS (Carole Werner), Peter Sellers, Peter O'Toole, Capucine, Paula Prentiss, Woody Allen, Ursula Andress, Howard Vernon

1965

Dix heures et demie du soir en été (10 : 30 P.M. Summer) (USA/E)
Réalisation : Jules Dassin
RS (Claire), Melina Mercouri, Peter Finch, Julian Mateos, Isabel Maria Perez

1966

Romy. Anatomie eines Gesichts (Romy, anatomie d'un visage) (D, télévision – BR)
Documentaire réalisé par Hans-Jürgen Syberberg

La Voleuse (F/D)
Réalisation : Jean Chapot
RS (Julia Kreuz), Michel Piccoli, Hans Christian Blech, Sonia Schwarz

Triple Cross (GF/F/D)
Réalisation : Terence Young
RS (la comtesse), Christopher Plummer, Yul Brynner, Gert Fröbe, Trevor Howard, Harry Meyen

1968

Otley (GB)
Réalisation : Dick Clement
RS (Imogen), Tom Courtenay, Alan Badel, James Villiers

La Piscine (F/I)
Réalisation : Jacques Deray
RS (Marianne), Alain Delon, Maurice Ronet, Jane Birkin

1969

L'Inceste (My Lover, My Son) (GB)
Réalisation : John Newland

RS (Francesca Anderson), Donald Houston, Dennis Waterman, Patricia Brake

Les Choses de la vie (F/I)
Réalisation : Claude Sautet
RS (Hélène), Michel Piccoli, Lea Massari, Gérard Lartigau

1970

Qui ? (F/I)
Réalisation : Leonard Keigel
RS (Marina), Maurice Ronet, Gabriele Tinti, Simone Bach

Bloomfield (GB/ISR)
Réalisation : Richard Harris
RS (Nina), Richard Harris, Kim Burfield, Maurice Kaufmann

La Califfa (I/F)
Réalisation : Alberto Belivacqua
RS (la Califfa), Ugo Tognazzi, Bisacco, Marina Berti

Max et les ferrailleurs (F/I)
Réalisation : Claude Sautet
RS (Lily), Michel Piccoli, Bernard Fresson, Georges Wilson, François Périer

1971

L'Assassinat de Trotski (F/I/GB)
Réalisation : Joseph Losey

RS (Gita Samuels), Alain Delon, Valentina Cortese, Richard Burton

1972

Ludwig / Le Crépuscule des dieux (I/F/D)
Réalisation : Luchino Visconti
RS (Élisabeth d'Autriche), Helmut Berger, Trevor Howard, Silvana Mangano, Gert Fröbe, Helmut Griem, Folker Bohnet, John Moulder-Brown

César et Rosalie (F/I/D)
Réalisation : Claude Sautet
RS (Rosalie), Yves Montand, Sami Frey, Umberto Orsini, Isabelle Huppert, Eva Maria Meineke

1973

Le Train (F/I)
Réalisation : Pierre Granier-Deferre
RS (Anna Kupfer), Jean-Louis Trintignant, Nike Arighi, Franco Mazzieri

Un amour de pluie (F/D/I)
Réalisation : Jean-Claude Brialy
RS (Élisabeth), Nino Castelnuovo, Suzanne Flon, Mehdi El, Jean-Claude Brialy

Le Mouton enragé (F/I)
Réalisation : Michel Deville

RS (Roberte Groult), Jean-Louis Trintignant, Jane Birkin, Jean-Pierre Cassel, Florinda Bolkan

1973-1974

Le Trio infernal (F/I/D)
Réalisation : Francis Girod
RS (Philomena Schmidt), Michel Piccoli, Mascha Gonska, Monica Fiorentini, Andrea Ferreol

1974

L'important c'est d'aimer (F/D/I)
Réalisation : Andrzej Zulawski
RS (Nadine Chevalier), Fabio Testi, Jacques Dutronc, Klaus Kinski

Les Innocents aux mains sales (F/I/D)
Réalisation : Claude Chabrol
RS (Julie Wormser), Rod Steiger, Paolo Giusti, Jean Rochefort, Hans Christian Blech

1975

Le Vieux Fusil (F/D)
Réalisation : Robert Enrico
RS (Clara), Philippe Noiret, Caroline Bonhomme, Catherine Delaporte, Jean Bouise, Madeleine Ozeray

1976

Une femme à sa fenêtre (F/I/D)
Réalisation : Pierre Granier-Deferre
RS (Margot Santorini), Philippe Noiret, Victor Lanoux, Umberto Orsini, Delia Boccardo

Mado (F/I/D)
Réalisation : Claude Sautet
RS (Hélène), Michel Piccoli, Ottavia Piccolo, Jacques Dutronc, Bernard Fresson, Charles Denner

Tausend Lieder ohne Ton (Mille chansons sans son, D, télévision – ZDF)
Réalisation : Claudia Holldack
Eva Mattes, Jo Herbst, Dorothea Morritz et RS (*guest star*)

1976-1977

Portrait de groupe avec dame (D/F)
Réalisation : Aleksandar Petrovic
RS (Leni Gruyten), Brad Dourif, Michel Galabru, Vadim Glowna, Richard Münch, Vitus Zeplichal, Fritz Lichtenhahn, Rüdiger Vogler, Rudolf Schündler, Isolde Barth, Witta Pohl, Kurt Raab

1978

Une histoire simple (D/F)
Réalisation : Claude Sautet

RS (Marie), Bruno Cremer, Claude Brasseur, Francine Bergé, Vera Schroder, Peter Semler

1979

Liés par le sang (Bloodline) (USA/D)
Réalisation : Terence Young
RS (Hélène Martin), Audrey Hepburn, Ben Gazzara, James Mason, Maurice Ronet, Omar Sharif, Gert Fröbe, Claudia Mori, Irène Papas

Clair de femme (F/I/D)
Réalisation : Constantin Costa-Gavras
RS (Lydia), Yves Montand, Romolo Valli, Lila Kedrova, Heinz Bennent

La Mort en direct (F/D)
Réalisation : Bertrand Tavernier
RS (Katherine Mortenhoe), Harvey Keitel, Harry Dean Stanton, Thérèse Liotard, Max von Sydow

1980

La Banquière (F)
Réalisation : Francis Girod
RS (Emma Eckhert), Jean-Louis Trintignant, Jean-Claude Brialy, Claude Brasseur

1981

Garde à vue (F)
Réalisation : Claude Miller

RS (Chantal Martinaud), Lino Ventura, Michel Serrault, Guy Marchand

Fantôme d'amour (Fantasma d'amore) (I)
Réalisation : Dino Risi
RS (Anna), Marcello Mastroianni, Eva Maria Meineke, Wolfgang Preiss

1982

La Passante du Sans-Souci (F/D)
Réalisation : Jacques Rouffio, Jacques Kirsner
RS (Elsa Wiener/Lina Baumstein), Michel Piccoli, Wendelin Werner, Helmut Griem, Dominique Labourier, Maria Schell, Gérard Klein, Mathieu Carrière

Table des matières

Graphiste
Pascal Vandeputte

Attachées de presse
Nathalie Ladurantie
Myriam Saïd-Errahmani
Sophie Hourdequin

Composition P.C.A.
Bouguenais (L.-A.)

Impression réalisée sur CAMERON par
BRODARD ET TAUPIN
La Flèche

pour le compte des Éditions Michel Lafon
en juillet 1998

Imprimé en France
Dépôt légal : juillet 1998
N° d'impression : 6340U-5
ISBN : 2-84098-180-7
50-1477-4
ML 342